Dominic Ch

U
Potrazi
Za Istinom
5

This is a work of fiction. Similarities to real people, places, or events are entirely coincidental.

U POTRAZI ZA ISTINOM 5

First edition. January 1, 2023.

ISBN: 979-8215998267

Written by Dominic Chant.

Also by Dominic Chant

U potrazi za istinom
Roštilj na vražji način
U potrazi za istinom 2
U potrazi za istinom 3
Roštilj na vražji način vol. lll
U potrazi za istinom 4
Roštilj na vražji način vol.ll
U potrazi za istinom 5
50 Kratkih Priči

Na petom si putu

i bez obzira koliko "staza i puteva bilo" svi oni vode k Bogu. Možda sada bude "čudno" kada ovo pročitaš ali ne vode svi putevi i staze k Bogu. Jedan je pravi put prema Bogu put Isusa Krista. Postoji "ogroman broj" životni puteva kojim ljudi koračaju tijekom života i sve te staze ne vode k Bogu.

Samo život s Isusom te može dovesti k Bogu.

Da stvari koje si pročitao budu još "luđe" živimo u vrijeme "ludost bez čarapa" isto kao "mozak bez pameti" proročanstva se ispunjavaju brže nego što mislimo i jedino što možemo misliti jest to da se sve brzo ispunjava iz razloga da bude spašen barem neki broj vjernika. Vrijeme je "gladno" pušten je ričući lav i gladan hoda i proždire sve što sretne. A sve to znači samo jedno:

da i vjerni i ne vjerni padaju. Vrijeme "mozgova" tehnologija ide prema vrhu i na vrhu "gradi novi vrh da ide još višlje" kao u doba Babilona i babilonske kule kao da ponovno stiže nova kula koja ide prema vrhu ali želi ići još višlje od samog vrha. Kada pogledaš sve što svijet ima "danas" i što će sve tek da bude na svijetu - prvo ćeš ostati šokiran i oduševljen al' "kovanica" ima dvije strane i shvaćaš i sam to, ali shvaćaš i razumiješ da nitko ne može sve to da zaustavi i onda se sjetiš da ima netko tko može i hoće i on se zove Isus i sjetiš se:

Ponovno će doći!

Poslije toga se pitaš - kako - odakle ljudima sve to znanje da tehnologiju i programe takvom munjevitom brzinom usavršavaju - dali je doista sve to ljudski mozak uradio ili netko tko nije sa zemlje ili je na zemlji ali nije poput ljudi?

Tko bi to mogao da bude - vanzemaljci - uvijek sve ide na najlakše - vanzemaljci iz daleke galaksije - nekako u sebi osjećaš da nisi zadovoljan takvim odgovorom i dok mislima tražiš - pred očima ti bljesne svjetlo - pali anđeli - nisu svi u paklu vezani lancima - neki su ovdje među nama i gdje piše da su pali anđeli samo jednom pali s Luciferom i više nikad ni jedan nije postao pali anđeo?

Možda još uvijek anđeli padaju i odluče napustit Boga i gdje padaju?

Na zemlju - ali više nisu anđeli - sada su poput ljudi bez "krila" takvo što ne piše - i mogućnosti su velike da još uvijek anđeli padaju a to znači da mogu imati prste u usavršavanju ovoga svijeta i pomaganju ljudima oko mnogo čega kao na primjer da ovaj svijet pretvore u svijet kao iz filmova: znanstvene fantastike.

Sada sama pomisao da pali anđeli padaju još uvijek i da hodaju među nama je priča za koju će mnogi reći da je priča za djecu ili neka bajka ili priča poput nekog filma znanstvene fantastike. A da rekneš da su ljudi stupili u kontakt s nekim bićima iz svemira "vanzemaljcima" onda je to mogućnost približnoj istini. U Bibliji piše da je trećina anđela pala s Luciferom i nigdje ne piše da više nikad neće ni jedan anđeo postati pali anđeo, Bog je uništio pale anđele u vrijeme velikog potopa kojeg je preživio Noa - kolike su šanse da nisu svi anđeli izginuli u potopu? Također piše da Bog pale anđele drži vezane lancima za vrijeme posljednjeg vremena a to znači da ima pali anđela koji su živi i sve to ništa ne govori da još uvijek anđeli ne postaju pali anđeli koji padaju ovdje na zemlju.

Kod Boga sve ima svoje razloge

Možemo mi biti glupi "nitko ne brani" imati oči i savjest unutar sebe, imati besplatnu Božju riječ sastavljenu u jednoj knjizi za sav ljudski rod je Biblija. Imati to sve i opet unutar sebe ugasiti žar "vjere" ići u susret ludilu i govoriti Bibliju su ljudi pisali.

Svejedno i neka svatko radi prema svojoj volji, Bog je živ, Isus je živ, život postoji i poslije smrti, Biblija je na zemlji, Božja riječ je u Bibliji i neka svatko radi što želi, i prije nas i poslije nas, Bog će živjeti, a mi?

Bibliju su pisali ljudi, ali kako?

Bog preko ljudi.

Mnogi se prepuste "duhu smijeha" kada se priča o proročanstvima i da Bog daje pojedincima "duha proroštva". To nije bajka, Duh proroštva postoji i djeluje preko odabranih pojedinaca, svatko može moliti za "duha proroštva i duha razumijevanja proročanstava". Također se može i treba moliti za "duha da se bolje i ispravnije razumije Božja riječ".

Interesantno ili žalosno, što god iz Biblije da pričaš, broj pojedinaca raste koji ne vjeruju i neka im bude prema volji i želji koju imaju u sebi, ako ne žele da vjeruju imaju pravo ako žele, Božja riječ u Bibliji je dostupna za sve ljude.

Ne znam, koliko ima "proroka na zemlji" od početka do danas, neki su od Boga i pisali su od Boga kao proroci iz Biblije, tako postoje i oni koji nisu iz Biblije ali imaju dar "proroštva" i neću ih ovdje imenovati. Nema koncentracije velike na njih, sve u redu, a kada je Biblija u pitanju onda nije u redu, odmah vulkan eskalira, svatko zna svoje.

Sve je povezano, i svi putevi idu prema Bibliji i onome što piše u Bibliji, točnije onako kako je Bog rekao.

Zar običan čovjek može sam od sebe da napiše knjigu kao što je Biblija, zašto onda nema više na svijetu takvi knjiga a pisaca na sve strane?

Vratimo se na početak života.

Eva je stvorena od Adamova rebra, bila je djevica i preko djevice Eve je došao grijeh, kada je odbila poslušnost prema Bogu.

Preko Marije djevice dolazi potpuna poslušnost Bogu kada je rekla: "Evo službenice Gospodnje, neka mi bude po tvojoj riječi!" (Lk 1,26-38).

Preko Marije djevice dolazi spasenje i oproštenje grijeha za sve ljude.

Preko Eve dolazi grijeh i osmijeh Sotoni da Bogu pokaže koliko su ljudi nesavršeni i da Božje stvaranje čovjeka neće biti dobro.

Tako je Sotona mislio!

Ali. Kod Boga to ne ide tako, i ovdje možemo reći, da je Bog znao da će Eva past.

Ne bez razloga, i zato se može reći, da Adam i Eva nisu u paklu, Bog im je oprostio, zašto? Zato što je sve prema Božjem planu, Eva griješi, Marija donosi spasenje i preko Marije Bog otkriva sebe kroz sina i otkriva svoju "Božju tajnu" pokazuje Sotoni da su ljudi bitni i da je stvaranje čovjeka Bogu i te kako bitno i dobro, i oprašta kroz sina ljudski grijeh. Sve je povezano i kod Boga sve ima svoje razloge. Ono što se dešava sada, možda u dalekoj budućnosti ispune sliku i bude dio puzzle koji nedostaje.

I Bog gleda kao šef u firmi

Primljen si u "firmu" satnica je toliko i toliko, svake godine, satnica može da se uveća, postoje i nagrade "mjesečne ili godišnje" ali se trebaš iskazati da zaslužiš bolje "povlastice". Prvo krećeš kao običan radnik i radiš možda i više od drugih kolega koji su u firmi već nekoliko godina, trpiš i pokazuješ svoju vrijednost. Šefovi postaju zadovoljni tobom, i nude ti bolje i lakše radno mjesto, možda i mjesto "poslovođe ili šefa smjene". Prihvaćaš i ostaješ u firmi idući niz godina.

Tražiš posao, često mijenjaš firme dok ne pronađeš onu odgovarajuću. I to je u redu.

Firma, šef ili poslovođa može bilo kome u startu da odmah postavi ogromnu satnicu ili veću plaću. Može odmah prvi dan da te postavi za "šefa" može i firmu da prepiše na tebe. Ali kao što svi znamo, to ne ide tako.

Sve te okolnosti kroz koje čovjek prođe kroz život, su isto što i zakon kod Boga. Svakog čovjeka Bog može odmah da pusti u raj, ili blagoslove za najljepši mogući život na zemlji za svakog čovjeka. Bog sve zna, može u svako vrijeme, da mijenja život nekog pojedinca bez obzira na to što je taj čovjek grešan i svaki dan trči za grijehom, Boga to ne brine, Bog takvom čovjeku daje sve najbolje ili daje svim ljudima na zemlji. Tada molitva nije potrebna, vjera i patnja.

Ali to ne ide tako.

Kao u firmi isto tako i kod Boga i pred Bogom moramo dokazivati svoju vjeru u Boga, držati se Božjeg zakona i do kraja služiti Bogu u svemu i kroz sve borbe vjerovati Bogu.

Svatko traži firmu koja mu odgovara. Tako i svaki čovjek traži Boga i zajednicu vjernika koji mu odgovaraju i gleda ih prema zakonu iz Biblije, prema djelima te zajednice, ako uvidi da oni nisu ono što tvrde da jesu, takav čovjek traži drugu zajednicu i Crkvu ili ostaje bez da posjećuje zajednicu i Crkvu, ostaje da vjeruje u Boga, Bibliju i Isusa.

Previše Crkvi na zemlji i previše mudrih koji pričaju o Bogu i treba biti oprezan "ričući lav ne spava".

Kruna od grijeha

Naslov ovoga teksta "kruna od grijeha" nema veze s pravom "krunom ili kraljem" naslov je stavljen iz razloga da nema razloga.

Ono što možda bude imalo "smisla i logike" jest ovo:

Od prvih ljudi od krvi i mesa, bili su Adam i Eva. I oni su prva "maternica koja rađa grijeh" oni su začetnici grijeha i "zla".

Od prvih stvorenja od svjetla koji su sagriješili bio je Lucifer. Sotona postoji oduvijek i nema zapisa koji točno govori odakle Sotona, znamo da je Sotona napastovao Lucifera. I znamo da je zaslužan za pad Adama i Eve ili progon iz raja.

Vraćamo se na: Evu!

Kao ljudsko biće prva stvorenja su zaslužni za grijeh i patnju na zemlji. Isus je platio grijehe ali patnja i grijeh su još uvijek aktivni na zemlji, tek kada Isus drugi puta dođe na zemlju u slavi i da sudi svim ljudima i jednom zauvijek uništi Sotonu, Demone i sve Zlo i Grijehe s lica zemlje, tada više neće biti patnje.

Zašto pričam o tako davnoj prošlosti, do doba Adama i Eve?

Zato što sve ima smisla. Ako je Eva odgovorna za grijeh i patnju, a znamo da jest. Zašto onda Eva nema krunu na glavi, zašto svi koji "vole grijeh" i više u naručju drže grijeh nego Isusa i život, što onda ne slave Evu kao kraljicu grijeha?

Eva je rodila grijeh, surađivala sa Sotonom a zna za Boga i slušali su Boga jasnim tonom više nego mi danas i opet je okrenula leđa Bogu i prihvatila savjet Sotone da će biti poput Boga. Dakle, Eva zaslužuje krunu i slavljenje kao osoba koja nema strah od Boga, moćnik, što onda grešni ne mole Evu za pomoć kao majku grijeha?

Ne može, Eva nema moći, molitve neće čuti, zanimljivo da je Sotona to propustio da ne koristi lik Eve i nudi pomoć grešnim.

Znam da sve zvuči "ludilo" ali ne sudi tako brzo. Bog ne traži da se molimo "trećim stranama" i pomoć tražimo od njegovih radnika i osoba koje su radile za Boga. Pomoć i molitve treba da tražimo direkt od Boga i sina Isusa. Ne može radnik plaću podići radniku, to radi samo šef.

Iz Biblije:

Svi ljudi će jednog dana slaviti Boga (Psalam 86,9), i Božje namjere da se "objedini u Kristu sve, i ono što je na nebesima i ono što je na zemlji"

(Efežanima 1,10).

Ne igraj se sa zlom

Na zemlji postoji mnogo "načina" preko kojih ljudi pokušavaju stupiti u kontakt s nekim oblikom "zla" pretežno pokušavaju ostvariti suradnju sa "demonima, Sotonom, zlim duhovima i dušama preminulih".

Nikad dosta, čovjek uvijek traži još. Mogu se mnogo brojna svjedočanstva i priče pronaći na internetu od ljudi koji su "izgubili glavu i život od nečega što ljudskom oku nije vidljivo" do priči od ljudi koji su uspjeli sačuvati "život od nekog zla".

Stvar u svemu tome je ta što postoje osobe koje svjedoče da postoji neko zlo, koje čovjeka može i hoće uništiti. Zašto ljudi poslije takvih priči bez straha idu da iskušaju sreću sa zlom? Postoje i mjesta za koja svjedoče da su opsjednuta ili svjedoče nekom viđenju što nije od krvi i mesa. Zašto onda tražiti zlo i demone kada znamo da nećemo dobro proći. Možda osobe ne vjeruju da postoji zlo, i da im se ništa neće dogoditi a također vjerojatno ljudi idu u suradnju sa Sotonom i Njegovom vojskom zla da ostvare neki materijalni dobitak a to znači da su ti ljudi jedna vrsta lijenaca što predstavlja oblik grijeha za kojeg je zaslužan "duh lijenosti" to sve znači da su takve osobe već daleko od Boga i onda im svejedno što će se desiti.

Ne igraj se sa zlom. Možda tijekom života takvo što čuješ u većem broju od dlaka na glavi. I opet ništa, onaj tko se krene zanimati za neku vrstu zla, teško više pronađe bijeg i vrata kroz koja će proći i vratiti se na put spasenja i dobra, put prema Isusu.

Ima raznih ljudi i razne vrste "mišljenja i razmišljanja" i to je normalno da nikad neće svi ljudi biti isti i imati isto mišljenje i razmišljanje ili shvaćanje. Da istu knjigu podijeliš na veći broj ljudi, kada knjigu svi pročitaju da kreneš pričati sa svakim pojedinačno o knjizi, ono što ćeš čuti jest to da će zvučati kao da su svi pročitali različite knjige. Zato treba oprezno čitati Bibliju jer neće ni Božju riječ isto svi shvatiti i tumačiti.

Različita mišljenja mogu pojedince dovest do puta "smrti".

Zato pazi kome se povjeravaš. Na zemlji ima ljudi koji prođu kroz par godina kroz razne puteve životne i sutra postanu pametni, dali su pametni, odjeća ne čini čovjeka i lijep osmijeh može vješto da prekrije zlo. Teško je nekog poznavati ako ga ne upoznavaš, nisu samo na "filmu" vješti glumci, pravi glumci se kreću van svakog "filmskog kadra" kroz život i životne staze srest ćeš mnogo dobrih "glumaca".

Razmišljanje čije staze vode u "smrt" i pojedinca rijetko uspiju vratiti u život. Ima ljudi kojima je život dosadan i zbog dosade ne traže Boga nego se odluče igrati sa zlom. Neko zaziva mrtve preko Ouiji ploče, netko traži pale anđele a netko Sotonu.

Dok se neki odluče na potez ravan "hrabrom ludilu" razmišljaju ovako:

Pokušat ću psovati Boga, i sve moguće psovke koje mozak može da smisli, jedno vrijeme ću čitati Bibliju Božju riječ a poslije dužeg vremena, ostavljam Bibliju i čitat ću Sotonističku Bibliju, čitat ću sve što je vezano za okultizam, magiju i Sotonu. Bog me voli, i oprostit će mi ako uspijem ući u neku sektu koja je usko vezana za Sotonu, bit ću grešan i želim da se čvrsto uvjerim u postojanje Sotone i želim ga vidjeti, hoću da vidim moć crne tame. Kada se uvjerim u postojanje zla onda ću to sve odbaciti od sebe i vratiti se Bogu i čvrsto ću vjerovati u Boga jer postoji zlo i sada znam da postoji i Bog.

Jako loša ideja za igranje s Bogom i zlom, možda će Bog ti i oprostiti ali znaj jedno:

Tko god se igra sa Sotonom na razne lude načine, ne imadne vremena više toliko da se vrati Bogu prije nego bude uništen, zli duhovi će te opsjednut izazivaš đavla, tko izaziva đavla, u većini slučajeva, strada.

Život se mora voljeti, poštivati i čuvati. Život je od Boga i Bog želi da cijenimo taj dar, milost da smo rođeni. Bog želi da čuvamo zdravlje.

Život se čuva i na:

Način kako se hraniš, ako u mladosti krećeš da gutaš velike zalogaje bez da su dobro prožvakani, to znači da ciljaš na veliki korak u budućnosti. Dali znaš da veliki korak daje i veliku težinu i napor, a napor umara a umor šalje u krevet. Zato uzimaj manje zalogaje i dobro ih prožvakati, ne žuri, svejedno ne možemo nigdje dalje od zemlje.

Ispunjeni Duhom

Isus je bio i Isus će opet da bude u svojoj svetoj slavi na zemlji. Mnogi vjeruju i mnogi još uvijek ne vjeruju u drugi dolazak Isusa na zemlju. I opet dobro. Nikad i neće svi vjerovati, Bog želi da svi budemo spašeni po vjeri u Isusa i preko krvi Isusa na križu je plaćen ljudski grijeh ali nismo spašeni da možemo raditi što nas volja. Isus je umro i Uskrsnuo i platio za grijehe ali ne i svojom smrću na križu svim ljudima omogućio ulaz u raj, vječni život. Isusova smrt je plaćanje grijeha i omogućavanje svim ljudima na zemlji spas i život poslije smrti ali ne odmah, nego preko vjere u Isusa i milostju Isusa možemo biti spašeni i da živimo vječno u raju. Poštivati Boga i Božje Zapovijedi, vjerovati u Isusa i služiti Isusu onako kako on to nalaže i zapovijeda kroz Bibliju i bit ćemo spašeni ako to želimo.

Ispunjeni Duhom Svetim možemo dobiti razne darove a jedan od darova koje dobijemo kada naše tijelo postane ispunjeno Duhom Svetim jest: prorokovanje.

Mnogi imaju proročanstva i mnogi su imali proročanstva koja su ispunjena a neka još uvijek čekaju svoje vrijeme. Preko Duha Svetog su ljudi pisali Bibliju. Poslije Uskrsnuća Isusa učenici su čekali "vatru" pedeset dana, pročitajte Djela Apostolska.

Pedesetnica je ispunila Isusovo obećanje slanja "Savjetnika" i "Duha istine"

(Ivan 16,5-15).

Ono što želim reći, Duh Sveti postoji i djeluje kroz čovjeka prema Božjoj volji. Kada su primili Duha Svetog pedeset dana poslije Isusa, oni su počeli da šire radosnu vijest i Evanđelje po svijetu. Posjećivali su mjesta gdje je njima govorni jezik u tome mjestu bio nepoznat ali Duh Sveti kroz njih je govorio jezikom toga naroda i mjesta, znali su jezike koje nikad učili nisu. Drugi su imali dar da "izgone zle duhove iz tijela opsjednutih". I imali su dar proroštva.

Bez potpunog predanja Bogu i čistoće tijela nećemo biti ispunjeni Duhom Svetim. Nitko ne voli prljavštinu, ako smo prljavi od grijeha Duh Sveti neće nastaniti i prebivati u našem tijelu. Bez Duha Svetog ne možemo ništa i nećemo moći ništa postići samo govorenjem vjerujem u Boga i Isusa. Trebamo tražiti od Boga pomoć da pročisti naše tijelo, Isus je platio za grijehe ali mi smo i dalje grešni. Uz pomoć Biblije, molitve Bogu i post i patnja mogu pomoći da se tijelo pročisti i moliti Boga da nas ispune Duhom Svetim da živimo po Božjoj volji.

Zašto koncentracija na Duha Svetog?

Jedan od razloga jest ovaj:

kao što rekoh a rekoh da postoji mnogo "proroka na zemlji kako prije tako i dan danas, i mnogo svetih ljudi" nemam ništa protiv, ako smo za Isusa onda igramo u istom timu i nismo neprijatelji i dobro. Ima jedna "sitnica" koja golica tabane. Proroci i proročanstva, na sve strane. Dobro, neka bude tako.

Kako može "danas proročanstvo" onda nije ispunjeno, došlo do greške, onda isto to proročanstvo se mijenja i dobije novi datum onda opet nije ispunjeno i opet se datum mijenja. Govorim o ljudima koji vjeruju u Isusa. Što oni misle, da je netko "jučer rođen" i da neće nikad biti rođen netko tko može da vidi ono što oni ne vide?

Bog nije šala, Isus nije šala, ljudima je dosadno, i ne bore se oni za sebe i Isusa nego za broj članova.

Kada netko tvrdi čvrsto da ima veze s Bogom i Isusom i ima dar proroštva, ispunjen Duhom Svetim, onda Duh Sveti i Božja volja neće sigurno pogriješiti u proročanstvu i neće biti potrebe za datum ovaj i sutra datum onaj, to proročanstvo će biti točno, precizno i ispunit će se u rečeno vrijeme.

Toliko toga ima, da jedan život nije dovoljan.

Budite oprezni, nije svatko ispunjen Duhom Svetim ali se može biti, Bog to želi, bez prave čistoće Duh Sveti neće posjetiti takvo tijelo i način života u grijehu. Čuvajte se laži, one su u današnje vrijeme postale toliko jako i čvrsto sjedinjeni s istinom da lako mogu pecati ljude a istina je gdje?

U Bogu, Bibliji i Isusu.

Jedan od jako opasnih grijeha

Svi "mi" volimo živjeti. Koliko da bilo teško, prođe sve to i na kraju svega toga, opet imamo tu dragost u sebi, živi smo.

Da istina ne bude stavljena "pod tepih" a istina jest, da raste broj ljudi na zemlji koji mrze sebe i svoj život i dan kad su rođeni. Također ima osoba koje svojom odlukom napuste ovaj svijet prije nego je bilo došlo vrijeme.

Zašto mnogi mrze svoj život i zašto se broj sljedbenika i mrzitelja uvećava?

Postoji broj razloga jednak broju mrzitelja, iz mnogo razloga a jedan od glavnih "pokretača" jest težina i gorčina samog života.

Teško je "završiti svakoj osobi" neku visoku školu, ali svaka osoba može da mašta i želi. Tu dolazi do problema, imam želju ali nemam dobar kapacitet da savladam školsko znanje i da sutra budem poput one osobe koja je sada netko i nešto. Želja je problem, ne mogu svi pobijediti samog sebe i ne obazirati se na živote koji nisu tvoj, prihvatiti svoj život i dignute glave hodati.

Dakle, shvatili smo, početak problema koji stvara "korijen u čovjeku" iz kojega nastaje linija koja bude vezana za mržnju prema životu i samom sebi.

Drugi projekt koji stvara svoju liniju koja se poslije veže za prvu liniji jest: novac i bogatstvo.

Mnogi žele mnogo novca ali ne mogu svi imati moć i novac na zemlji. Da želja bude obasjana "zlatnom niti" imaju pojedinci koji žele novac ali ne da rade i zarade, nego da im nekim čudom padne s neba.

Da "filozofija" ne ide ovdje dublje u rupu, povezanost s mnogo toga što čovjeka "uvuče u začarani krug mržnje" ima debelu vezu s voljom, a volja je usko vezana za "duha lijenosti" ne možeš ni školu završiti s dobrim prolazom ako nemaš dobru volju da sjedneš i učiš na vrijeme. Ne možeš ni novac zaraditi ako si lijen i puštaš se "duhu lijenosti".

Pitanje koje će biti postavljeno poslije svega toga, što s ljudima koji su moćni i imaju novac a mrze život ili oduzmu sebi život?

Stvar nije u siromaštvu i novcu, nego unutar nas samih, dali smo sretni i zadovoljni i dali smo prihvatili svoj križ. Postoje i kletve i prokletstva a i osveta do petog koljena. Nitko neće činiti zlo a da se ono ne vrati, tako da možeš imati sve, i opet iz nekog razloga i bez razloga kreneš mrziti život.

Znamo tko mrzi život: Sotona.

Kada kreneš duboko istraživati, vidjet ćeš da postoje samo dva puta: prema Bogu ili Sotoni.

Trebamo prestati biti "amateri" života. Sve može da bude u najljepšem sjajnom sjaju. Sve ima razloge, kada je život težak, bolan i nema izlaza. Dali znaš da ništa nije bez razloga svaka "sekunda" može ti biti od koristi za korist da nije uzalud tvoja patnja.

Kako? Sve radi na čast i slavu i hvalu Isusu. Sve radi za njega, svaku sekundu bola, osjećaj za Isusa. Život će se promijenuti.

Život je vezan za krv, Isus je krvlju platio za sve nas. Žrtve prinosnice vezane za krv. Rituali vezani za krv. I mržnja života je vezana za krv jer krv je život. Isus je krvlju platio da mi živimo. Sotona mrzi život i Isusa. I zato mnogi ne obraćaju pozornost na jedan opasan grijeh za kojeg mogu da plaćaju potomci a to jest:

Grijeh, psovka koja se proširila, psovati krv, život i krv Isusa. To je jako opasan grijeh a taj grijeh u budućnosti kada se pojave oni koji mrze život, možda mrzite život jer ne znate dali je netko u prošlosti iz vaše loze psovao krv.

Možda smo svi program

Možda je bitno i važno a možda uopće ne igra neku ulogu u životu i kroz životne staze.

Ali kada čovjek zna koji put i staza ne vode u dobro nego u pad s litice, sigurno neće "krenuti na takav put".

Prema zapisima do kojih se može doći, ono što se može saznati jest to:

Da su anđeli bestjelesna bića stvorena od Boga i kao takvi nisu u kategoriji kao čovjek od krvi i mesa, anđeli su "duhovna svjetlost" s izgledom poput čovjeka. Prva ljubomora, pohlepa i želja desila se u nebu u "svijetu anđela" kada je Lucifer odlučio postati poput Boga.

Prva ljudska pohlepa, želja i ljubomora uz prvu neposlušnost prema Bogu su napravili prvi ljudi Adam i Eva.

Prvo ljudsko ubojstvo iz ljubomore učinio je Kain kada je ubio brata Abela.

Djelovanje "zlog duha" ljubomore ili se tu krije nešto drugo? Kažu jabuka ne pada daleko od stabla, kako onda Kain nije poput Abela, dali je to Božja volja da Kain ubije Abela ili djelovanje "zlog duha ljubomore" da opsjedne Kaina i navede da ubije brata?

Ogroman postotak sadrži da od dvoje rođene djece od iste majke i oca neće biti isti, jedno će biti dobra osoba a druga će sadržavati u sebi više "zla nego dobra". Od više rođene djece, opet će jedno sadržavati u sebi "zlo". Ako je samo jedno dijete u obitelji, stvari će biti drugačije, i gledat će se sekunda rođenja, toga trena u svijetu svako drugo koje se rodi imat će u sebi više "zlog nagona nego dobrog".

Zašto?

Zar Isus nije platio za grijehe i za mir u svijetu?

Jest, ali tako da tražimo Isusa i vjerujemo i pustimo Isusa u svoj život, tek tada imat ćemo mir.

Znam da nikako ne priliči reći ovako nešto:

ali neke stvari se ne uklapaju u sliku. Ako Bog oblikuje čovjeka u utrobi majke, tada je sve Božja volja, i zlo i osoba koja će biti rođena kao ubojica ljudi i grešnik i ona osoba koja neće biti sposobna za život i onaj koji će biti dobra osoba, sve rođene osobe su onda Božja volja. To znači da je Bog odgovoran i za grijeh i zlo u svijetu a to opet znači da nitko nije grešan prema zasluzi svoje volje i kao takav će gorjeti u paklu.

Zašto bi bilo tko plaćao u paklu ako nitko ne čini ništa prema svojoj volji nego smo oblikovani u utrobi Bog je rekao Jeremiji: "Prije nego što sam te formirao u utrobi poznavao sam te, i prije nego što si se rodio, posvetio sam te; postavio sam te za proroka narodima". (Jeremija 1,5)

i kao takvi imamo u sebi nešto kao "program" najbolje se sjetiti filma

"Terminator" gdje je jedan dobar zato što ima program da bude dobar a drugi je čisto zlo i ne može biti dobar zato što u sebi ima program zla i živi prema tome programu. Ako smo oblikovani onda nitko ne može da bude kriv jer ne zna što radi i sve što radi to radi prema programu kojeg ima u sebi.

Sada će netko reći ovo:

mi imamo slobodnu volju i mozak i savjest da znamo što je dobro a što zlo i imamo Bibliju i Božje Zapovijedi i zbog toga što god da radimo mi znamo što radimo i što Bog voli a što mrzi.

Vidiš, upravo pričamo istu stvar.

Osoba kao dijete ako mu pričaš na primjer o Bogu "Indijanaca" i dijete odrasta uz priče o Bogu "Indijanaca" on neće znati za Boga i Isusa i Bibliju takav će vjerovati u Boga "Indijanaca". To znači da mi programiramo jedni druge od malih nogu.

Mene zanima ovo:

Bog te oblikuje u utrobi i takav si zato što si prema Božjoj volji. To znači ako Bog želi da takav bude to što jest, on ne može biti ono što nije kao što dobra usporedba iz filma:

Terminator kaže da onaj zli ne može biti dobar.

Onda opet nije dobro, ako je to tako, onda svi i zli i dobri imamo lažnu slobodnu volju, i živimo tako kako živimo i to smo što jesmo zato što netko iznad nas svih želi da bude tako.

Stvar koja je dobra:

sve dokazuje da Boga ima i svijetom upravlja Bog bez obzira na to što izgledi života prikazuju da tama vlada svijetom, i knez otac laži. Bog upravlja i tama i knez ne razumiju da rade posao za Boga. Možda će sve u svijetu ići toliko daleko i možda i Bog pomogne da sve ide kud je krenulo da svijetom zavladaju roboti i sve to Bog dopusti da čovjeku dokaže da je život bolji bio u doba kada nije postojala tehnologija. Možda čovjek opet krene koristiti mozak.

Iz Biblije:

Anđeo je rekao Zahariji da će njegov sin Ivan "biti ispunjen Duhom Svetim još od utrobe majke svoje" (Luka 1,15).

Ovo vrijeme je došlo bili mi program ili ne, Isus je rekao:

Blago nerotkinjama i utrobama koje nisu rodile i grudima koja nikad nije dojila"! (Luka 23,28–29).

Mnogi ljudi traže istinu

Zašto bi "sramota" bila sramota gdje piše da se čovjek mora svega sramiti i stidjeti? Jedna vrsta srama i crvenog obraza bude kada "ližeš sladoled" u šetnji i puhne vjetar i kuglu sladoleda odnese direkt u lijevo oko vozaču bicikla koji je toga trena jurio pored tebe. Sramota može biti i kada se oklizneš na koru od banane i napraviš "špagu".

A sramota da te bude priznati da tražiš Boga i da ti treba na "tisuće dokaza" da progledaš, nije sramota nego "špageti vjernik" tipični opušteni "vjernik" iz doba "hladni u vrelom sedlu".

Mnogi ljudi traže Boga ali se srame to priznati, dali se srame reći da su gladni i da trebaju hranu?

Oni se ne srame ovoga ili onoga nego publike, što će ljudi reći za njih ako oni krenu pričati o Bogu ili priznaju da imaju sve i opet im nešto fali a to nešto su Isus i Bog, vjera u Boga da ispune prazninu koju osjećaju.

Da stvar bude "luđa nego što jest" prvih recimo "četrdeset godina života" žive raskošno i grešno i moćno u krugu moćnika i dobro, svatko živi kako može. I cijelo vrijeme znaju za Boga i Isusa nisu osobe da se rekne, nisu nikad u životu čuli za Boga, Isusa i Bibliju. I odjednom, kada mladost prođe, više ludovanja nisu što su bila, starost se bliži, i više vremena provode u kući nego vani kao nekad, i sada se može grešni život izbaciti i prihvatiti postojanje Boga. Bolje ikad nego nikad.

Otvorene oči "udarcem od pozadi" imaju prilike, susreću misionare, propovjednike, ljude koji šire Božju riječ, znaju za Bibliju i ništa. Kada prisustvuju nekim "zabavama" uvjere se u postojanje zla, okultne radnje, kipovi demona, prostorije kao u "paklu".

Onda kažu: osjetih nešto loše, kada postoji zlo, onda sigurno postoji i Bog i krenu da vjeruju u Boga. Bolje ikad nego nikad.

Kako to, odjednom vjeruju a sve one prilike da čuju o Bogu su odbacili, i živjeli grešan život, vidjeli te kipove i okultne radnje, više puta u životu i sada ih nešto potreslo. Čovjeku se može plasirati laž, ali

Bog ne, ako lažu, ne lažu meni, nego sebi. Ako su doista se promijenili i vjeruju u Boga i više neće hodati stazama grijeha, dobro došli među vjernike.

Bog uvijek djeluje i neke ljude privuče sebi na nama ljudima čudan i lud način, ali ipak ih privuče i postanu Božji govornici.

Gladni nisu gladni bez razloga

Znam da nije "lako" i da je "teško" kada čuješ kao iz "vedra neba" ne brini, sve će biti u redu, Bog te voli i ljubi, prepusti danas sve Bogu i vidjet ćeš nakon dužeg vremena kada ti se oči otvore, da se svaki "puzzle" dio uklapa u svoje mjesto. Vidit ćeš da je Bog sve odradio na najbolji način i da ti sam ne bi postigao ništa.

Ne brini, takvu riječ ne prihvaćaju na lijep način svi. Zašto?

Ima ljudi na zemlji koji ovoga trena umiru od gladi, ima ih koji su i jučer preminuli od gladi a neki će "sutra" da takvim ljudima, priđeš i pričaš o Bogu i rekneš da ne brinu ništa, sve će biti u redu, kako bi oni primili takvu priču?

Slušati o Bogu kada je sve u redu, može svatko.

Slušati i vjerovati u Boga, gladan i s problemima za koje kao da izlaz ne postoji, nije umijeće, nego vjera.

Istina je sve i glad i osjećaj kao da Bog ne postoji, ako postoji zašto "mi" umiremo od gladi i nitko ne vidi da smo gladni, ako nas vidi, zašto smo i dalje gladni "svi" prolaze pored nas kao da smo duhovi ili nevidljivi?

Nema odgovora, priča ne pomaže, bolje dat hranu nego pričati priče koje neće umiriti glad. Al' istina je također da Bog vidi sve i mene i tebe i onoga koji umire od gladi, Bog vidi i ništa ne čini, zašto?

Zato što nismo svi rođeni za sve.

Zato što sve ima svoje razloge i svrhu.

Zato što gladni nisu gladni bez razloga, nego iz volje Božje da odrade posao za Boga.

Imat će te sve u izobilju, ne ljutite se na Boga, on vas ljubi i voli.

Nekad na tužan i tragičan način, kao da Bog nema osjećaje za stanje u svijetu i životu mnogi ljudi.

Bog ima osjećaje, voli nas sve, ali nekad netko mora da bude siromašan i gladan iz razloga kako bi onaj "drugi" naučio da ljubi i voli i da iskaže svoju vjeru u Boga tako da osjeti bol i nahrani "gladnog".

Možda se i može reći da je sve
kao neki test i eksperiment, od strane Boga.

Iz Biblije:

Blago siromasima duhom: njihovo je kraljevstvo nebesko! (Mt 5, 13)

Tamo gdje se grijeh povećavao, milost je još više narasla (Rim 5,20)

On silne skida s prijestolja, podiže ponižene . Gladne napuni dobrima, bogate otpusti prazne. (Luka 1:52-53)

Osoba koja je oslobođena od grijeha po vjeri u Krista neće željeti ostati u grešnom životu (Rimljanima 6,2).

Mučenici i Robovi

Da se vratimo u daleku prošlost i da prikupimo sve odakle je krenulo i dokle će još sve to da ide, nema takvog vremeplova.

Ono što ima jedan mogući primjer koji može da stigne u budućnosti iz filma:

Prorjeđivanje (Logan Paul 2016).

U prošlost se može ići do Adama i Eve kada je Bog rekao:

"Sa svakoga stabla u vrtu slobodno jedi, ali sa stabla spoznaje dobra i zla da nisi jeo! U onaj dan u koji s njega okusiš, zacijelo ćeš umrijeti!" (Postanak 2, 16-17).

Sve se vidi i na Kainu i Abelu i oni su obrađivali zemlju. Mnogi misle i vjeruju da si rob života i mučenik jedino ako obrađuješ zemlju i radiš teške poslove, zar doista misliš da nema drugih mučenika i robova?

Dio koji postaje žalostan da sve više ljudi izbjegava imati djecu. Jedni ne žele a drugi kažu da ne žele rađati nove robove i mučenike na ovoj zemlji. Imaju pravo da odluče. Bog jest rekao: plodite se i množite!

Ali postoji i ta druga strana medalje da nitko ne želi gledati svoje dijete kao nekog roba.

Mene sada zanima, ako roditelji vole svoju djecu zašto onda dolazi do rastave braka gdje djeca tek tada pate i postaju rob patnje. Ima raznih brakova ali ono zajedničko što imaju, zaboravljaju da imaju djecu. Svađe, prepirke, ultimatumi, sve djeca slušaju i upijaju kao spužva. Na kraju dolazi do rastave i opet djeca pate i zato bolje ne praviti djecu nove mučenike i robove ako se nećemo brinuti o djeci, nisu zaslužila patnju.

Dali čovjek u svemu tome ima svoje prste, jezik i um ili nešto drugo umiješa prste napadne um i olabavi jezik. Ono što znamo tko krivac može da bude jest Sotona ali ne izdvaja se ni dio da može za mnogo toga i čovjek biti kriv.

I na kraju možda nisu ni čovjek a ni Sotona uvijek krivi nego sve mora da bude onako kako Bog to želi, kada pročitaš sljedeće razumjet ćeš da nitko ne može promijeniti ono što Bog odluči:

Jer kao što u Adamu svi umiru, tako će i u Kristu svi biti oživljeni. (1. Korinćanima 15, 22).

Doći će na zemlju novi vođa

Kraj svijeta još uvijek nije ni blizu a nije ni toliko daleko. Moramo doživjeti život s vanzemaljcima. Čovjek će doći do razine "besmrtnosti" mrtvi će hodati zemljom. Sotona i vojska Demona moraju vladati na zemlji s Antikristom. Mora doći osoba koja će biti lažni Isus. Još uvijek nisu svi ljudi čuli za Evanđelje i ponovni dolazak Isusa. Doći će dan kada će ljudi i anđeli skupa biti u borbi protiv "Demona". Samo te dijelove kada pogledaš od dosta njih još, koliko vremena i godina će još proći, puno godina, što znači da smak svijeta još uvijek nije blizu. Sudnji dan kojeg Biblija opisuje će doći al ne još.

Ono što može doći su tri dana ljudske tame i poslije će doći tama od Boga. Ali to nije kraj. Mnogi misle da neće doći kraj svijeta ali će doći, Bog je više puta uništio ljude i dogodit će se to opet, zemlja neće moći još dugo nositi teret grijeha.

Jedini opijum za mir i mogućnost popravka ljudskog roda i blažu kaznu, jest da svi krenu prema putu ljubavi. Samo ljubav može pobijediti zlo ako se ne okrenemo prema Božjoj ljubavi i svi ljudi budu voljeli ljude nećemo izbjeći kaznu i kandže Demona koji čekaju da stigne vođa za kojeg znamo kao Antikrist. Svatko tko ne priznaje Krista je Antikrist. Ali će doći jedna opasno moćna osoba koja će biti vođa i taj vođa nije od Boga i mnogi će krenuti za osobom koja će imati veliku moć u svemu.

Križ i vjera u Boga

Ako s ljubavlju i vjerom u Boga svoj križ nosimo i trpimo životno trpljenje na slavu Isusa bez "mrmljanja Bogu". Ono što će se prije ili poslije dogoditi Duh Sveti će učiniti svoje "netko" će pojaviti se u životu i pokazati pravi put prema svjetlosti na kraju tunela, Duh Sveti će djelovati prije ili poslije i čudo u životu će početi se događati. Bog neće okrenuti pogled od pojedinaca koji trpe zbog Boga i Isusa, koja vrsta trpljenja "nema pravila" na zemlji ima raznih križeva i križ nije samo sjećanje na "smrt Isusa" križ je: ključ. Zamislimo to ovako:

Svaki čovjek na zemlji ima neku vrstu križa, svaki čovjek stoji na svojem križu, gdje god da krene i križ ide za čovjekom. Ako svoj križ i breme nosi s vjerom u Boga i sve čini na čast i slavu Boga, križ ga uzdiže prema nebu, mi to ne vidimo, svaka sekunda života, kako otkucava i život prolazi, tako križ diže čovjeka u nebo, kada dođe kraj, križ te uznese na nebo i vrata se otključaju. Oni koji ne prihvaćaju svoj križ od Boga, ostaju ne diže ih u nebo zato što bježe od svojeg križa, isto ako trebaš u neboderu na veći kat i nema stube ne postoje samo lift, kako ćeš doći na veći kat ako bježiš od lifta, tako i križ što je teži to brže te diže u nebo.

Ono što ljudi još rade, igraju se sa zlom na način, gdje razmišljaju ovako:

Sotona, zlo, vrag, đavo, demoni i zli duhovi mi ne daju mira, žele me uništiti, na razne načine nekog ovisnosti o kocki a nekog drugim nekim lošim načinom za život. Sve su to krivi zli duhovi, govore pojedinci.

Ne mogu im ništa i ono što mogu, da se prepustim zlu i postanem hodajuće zlo, tako ću ih uništiti kada se potpuno sjedinim s nekim oblikom zla. Zar je svijet toliko duboko korak učinio da više ne vide izlaz uz pomoć Boga nego će pomoć pronaći u zlu.

To je isto, kada bi promatrao Lava i pokušao postati Lav na neki način a ako nema načina, možda najbolje pustiti da te Lav pojede i možda preživiš i budeš svijet gledao kroz usta Lava. Nema načina da čovjek sam pobjedi zlo samo uz pomoć Boga i Isusa i traženju da Bog pošalje Duha Svetoga za vodstvo.

Pravi mir je u Isusu

Zašto ovo i zašto ono? Bože gdje si? Zašto si Bog koji uživa u patnji ljudi i mene? Stvorio si ljude, mi smo tvoja stvorenja, ti si svemogući Bog i zašto ti je teško svim ljudima učiniti da nikad ne osjete bol, tugu ili žalost? Zašto uživaš gledajući na patnju ljudi, ako sve čini grijeh i Sotona, zašto još danas ne učiniš da sve to nestane i prestane tuga da se vrati osmijeh i ona radost života? Zašto čovjek više voli snove od jave, zašto više nema osmijeha na licu kada sunce izađe i budiš se iz sna i treba da čovjeku bude drago što je otvorio oči i još jedan novi dan je u životu.

I još mnogo takvih riječi. Stiglo je "ludo doba" i Bog neće uraditi ništa, patnja će trajati dok Isus ne dođe. Mi možemo pronaći mir u Isusu kroz Božju riječ u Bibliji. Možemo pustiti Isusa u život i srce i imati pravi mir kao da imamo cijeli svijet. Ali Bog neće učiniti ništa ni danas a ni sutra, sva patnja će i sutra postojati, kada Isus dođe, patnja će nestati i grijeh kao i zlo i Sotona. Nemamo izbora drugog osim da tražimo mir u Isusu i imat ćemo mir, trebamo težiti duhovnom životu i nećemo osjetiti patnju zbog materijalnog svijeta. Da je lako i nije ali opet kažem: nemamo drugog izbora!

Iz Biblije:

Bog nas nije odredio za gnjev, nego za dobivanje spasenja po Gospodinu našemu Isusu Kristu" (1 Sol 5,9).

U miru smo s Bogom zbog prolivene Isusove krvi i „opravdani dakle po vjeri, imamo mir s Bogom po Gospodinu našemu Isusu Kristu" (Rim 5,1).

Mir vam ostavljam, mir vam svoj dajem. Ja vam ga ne dajem kao što svijet daje. Neka se ne uznemiruje srce vaše i neka se ne straši (Ivan 14,27).

Proći će i ovaj dan

Možda ovoga trena osjećaš kao da je svijet stao. Svi su protiv tebe, stojiš na mrtvoj točki bez pomaka jedini pomak koji te još može zadesiti jest da padneš s litice. Nema budućnosti za tebe, ništa ne ide prema naprijed, tvoja kugla se vrti unatrag. Kako i zašto, redovno čitaš Bibliju i razgovaraš s Bogom ali kao da Bog ne čuje tvoje molitve. Pitaš se svaki dan čemu tvoj život i gdje je smisao kada ne vidiš smisla u patnjama kroz koje prolaziš. Možda te i ne muči patnja koliko te muči vrijeme i sekunde na satu koje se okreću sve brže i plašiš se da će vrijeme te progutati i bit će da si živio na zemlji samo da bude veći broj ljudi.

Što da činiš da i tebi život krene? Kako u drugih život ide kao nožem kroz sir jedino u tebe ništa ne ide?

Postoje možda dva razloga a ne mora tako da bude, jednostavno ima ljudi s raznom sudbinom na zemlji.

Prvi razlog koji možda i nije točan jest:

Prokletstvo i kletva koju treba ukloniti i prekinuti lanac kletvi ako ima nad tvojim životom i to može biti iz mnogo razloga, možda plaćaš grijehe svojih predaka a možda si bio na pogrešnom mjestu u pogrešno vrijeme, ako nije ništa još bolje za tebe a ako ima nešto, nećeš moć izaći iz okova dok se kletva ne uklone.

Drugi razlog:

Bog ima prste u tvojem životu i ima neke velike planove za tebe. To kažem zato što se treba sjetiti ovoga:

Iz Biblije:

„Ali je Gospod bio s Josipom te on posta uspješan čovjek. I bijaše u domu svojega gospodara Egipćanina."

(Postanak 39,2, naglasak dodan).

Izak je bio sin kojeg je Bog obećao Abrahamu. (Postanak 15, 4-5).

Kao što se može vidjeti kad Bog ima neki plan za nekoga, onda to ide jako trnovitim putem dok ne dođe do cilja kojeg je Bog odredio. Sve što treba ostati vjeran Bogu i surađivati s Bogom.

Svaki grijeh je opasan

Grijeh i samo grijeh i nema bijega od grijeha. Zašto i kako se sakriti od grijeha? Što je zapravo grijeh? Vjerovali ili ne, sve na svijetu ima neku povezanost za grijeh. Ako je Isus platio za sve grijehe kako onda bilo tko može da priča o nekoj vrsti grijeha? Isus je platio za sve ljude i nema grijeha sve zlo je oprošteno. Istina jest, Isus je svojom smrću platio za grijehe i grijeha nema ali samo na ovaj način:

Da vjeruješ u Isusa, da ti Isus oprosti i da živiš s Isusom, grijeha nad tvojim životom više nema.

Grijeh postoji i ima više vrsta grijeha, svaka vrsta je opasna za sebe zato što kao drvo ima korijen i grane. Svaki grijeh privlači novi a novi se veže za stari grijeh i tako postaju prejaki. Svaki grijeh postavlja oko srca oklop i taj oklop ne dozvoljava da čovjek živi u svjetlu i da čuje Boga. Grijeh je toliko opasan da ljudi ne mogu shvatiti da svaki grijeh ima moć da čovjeka udalji od Boga i Biblije i zar to već nije opasno.

Sitni grijeh pomaže da čovjek krene prema opasnim vrstama grijeha a ako i ne krene, kada psuje Boga i prestane da čita Bibliju zar to nije opasno?

Sve kreće laganim tempom ono što ljudi ne znaju a Sotona jako dobro zna da Duh Sveti neće prebivati u grešnom čovjeku i da grijeh zasljepljuje um i tada Sotona čovjekom može da barata kao s loptom, zar nismo u opasnosti i s malim grijehom. Mnogi kažu grijeh sitna psovka je ništa a baš iz te sitne male psovke kreće korijen prema onome što se kaže:

Okorjeli oklop oko srca i života.

Moramo se izmiriti s Bogom i Isusom i ponovno svoje haljine oprati u svetosti Isusa i tako ostati u Isusu jer jedino Isus može oprati naše prljave haljine.

Bog može promijeniti tvoj financijski problem

Nema toga područja u životu, svemiru ili bilo kojem dijelu bilo koje "dimenzije univerzumu" u kojoj prebiva neki oblik života ili mrtvog predmeta u kojem Bog ne može da djeluje i udijeli Blagoslov ili kaznu, opomenu i bič. Nitko se ne može skriti od oka stvoritelja. Ako neki pojedinci čine užasan grijeh za života a život im teče s velikim uspjehom u svemu i žive život bez kazne to ne znači da Bog ne vidi i ne zna za njihove grijehe ali ih ne sprječava i dalje čine grijeh, nitko ne može doći pred Boga i Bogu suditi Bog zna svoje kao što zna i tvoje probleme ili uspjehe koje imaš i možda nikad nisi zahvalio Bogu jer smatraš da je sve što si postigao tvojom sposobnošću - dali je?

Ništa nije bez razloga i svatko će odgovarati za svoje.

Bog može učiniti tvoj život pun blagoslova - tražiš li od Boga to ili čekaš da Bog sam djeluje - kada činiš sve za Boga i s Bogom - kroz molitvu se zahvaljuješ - doći će čuda u tvoj život. Bog gleda u srce - ako ti Bog udjeli financijski blagoslov Bog zna što je u tvojem srcu i nekad za tvoj život je bolje da nisi financijski jak, možda bi tada tvoj život postao još veći "pakao".

Ali s čvrstom vjerom u Boga i rad s Bogom u svemu i sve prepusti Bogu i vjeruj - tvoj život se može i hoće promijeniti ako dozvoliš Bogu da surađuje. Tvoj posao i tvoji koraci na zemlji nisu bez razloga i Bog te vidi i sve zna - dali vjeruješ u sve to - neće Bog surađivati s osobom koja ne želi kao što ni jedan poslodavac neće zatvoriti firmu zbog radnika koji bude dao otkaz a također neće ni jednog radnika moliti da ostane u firmi tako je isto i s Bogom.

Iz Biblije:

„Jer sve je od njega i po njemu i za njega! Njemu slava u vjekove! Amen".

(Rimljanima 11,36).

Kažu ništa nije sveto

Kažu ništa nije sveto!

Nema svetosti i nekih - tamo sveti ljudi (Proroka).

Da se složimo u istinu i sa istinom ovdje prije nego krenemo dalje - istina jest da nisu svi proroci Božji proroci i da su bili i da postoje i da će do kraja biti proroci koji su:

Lažni proroci

Lažno tumače Božju riječ iz Biblije

Ne priznavaju Isusa kao jedinog posrednika kod Boga

Lažni učitelji iz vlastite koristi

Antikristovi sljedbenici

Proroci nekog novog svijeta, Boga i života

Proroci vlastite Biblije koju su pisali ljudi u suradnji sa "demonima".

Proroci poslani od "Demona" ili kao "bebe" poslužile kao "portal - kanal" za kuću "zlog duha" poslije tijelom se služi ono što je unutar tijela ali nije od Boga i tako postane prorok novog - nečeg - a to nije put prema Isusu.

Samostalni proroci - oni koji ulože jedan broj godina u učenju svega što uhvate većinom - Duhovnost - kada imaju temelj "znanja" lažnog ali su postali "jezični manipulatori" pecaju ljude u svoju mrežu koji lako padaju na njihove priče i riječi koje vješto pričaju i nikog nije briga dali u njima prebiva "zlo" ili Božji duh ljudi vole da slušaju vješto uštimane riječ na koje padaju lako jer u sebi nemaju istinu i pravo znanje koje daje Biblija.

Sada se možemo složiti da ima sveti ljudi ali i onih koji nisu sveti. Najpoznatiji sveti čovjek koji je hodao zemljom jest Isus Krist. Dali još uvijek vjeruješ kada čuješ da nema svetih i svetosti - dali si čuo za Duha Božjeg?

Ako postoji zlo - gdje je onda dobro?

Razumiješ?

Ako nema svetosti, pokušaj pustit Boga da te ispune Duhom Svetim i onda pričaj da nema Boga i svetosti - ali tada više nećeš pričati tako - u tebi će vatra gorjeti i pričat ćeš nove priče pune istine - Duh će tražit da svjedočiš.

Iz Biblije:

"Nego primit ćete snagu Duha Svetoga koji će sići na vas i bit ćete mi svjedoci u Jeruzalemu, po svoj Judeji i Samariji i sve do kraja zemlje". (Dj 1, 8).

Grijeh te može promijeniti

Istina jest da nije sve grijeh ali grijeh postoji kao što u svijetu postoji most ali ne teče rijeka ispod svakog mosta isto tako nije sve grijeh. Neki grijeh te može uništiti cijelog i sav tvoj život da padne pod prokletstvo grijeha i zbog grijeha ali neki grijeh te može promijeniti s lošeg na bolje - znam da možeš reći da je grijeh loše i grijeh je grijeh - kako bilo koji grijeh nekoga može promijeniti na bolje ako je grijeh ono što čovjeka udaljava od Boga i grijeh je mrlja na duši a ta mrlja postepeno postanu vrata za demone i zle duhove koji žele da stanuju u tvojem tijelu. Kako onda grijeh može da bude nešto "dobro" što će pomoći nekom da postane bolja osoba i ono što kažemo: promijeniti?

Ne može ispod svakog mosta u svijetu rijekom da prođe bilo koji brod, tako ne može ni svaki grijeh da bude od koristi i najbolje biti svet i bez grijeha ali nema toga čovjeka koji je bez grijeha samo je Isus kao čovjek bio bez grijeha - onda čemu ova priča ako smo svi grešni bilo to više ili manje svejedno smo grešni - jesmo - zato imamo Isusa koji je zauvijek tu da preuzme naše grijehe i svojom svetom krvlju opere naše duše za koje je već platio cijenu svojom smrću na križu - ako vjerujemo Isus je put spašenja. Onda čemu priča o grijehu - dovoljno je samo vjerovati u Isusa i kraj priče - ali priča nema kraja na kojem čovjek može da stavi točku poslije zadnje riječi u knjizi ili priči i kraj - jedino Bog može učiniti kraj a taj kraj će doći kada Isus ponovno dođe.

Grijeh je loše i udaljava čovjeka od Boga kao što ideš stubu po stubu dok ne stigneš do određene - etaže na koju trebaš - tako i grijeh stubu po stubu uništava čovjeka i postavlja prepreku između Boga i čovjeka i to tako mora da bude zato što je to tako dano od Boga - ako iz mobitela izvadiš karticu i pokušaš obaviti poziv - bit će to nemoguće - kada vratiš karticu tada poziv može biti uspostavljen - ali kada istekne Bon opet ne možeš da obaviš poziv - ali neko vrijeme ćeš moći da primiš poziv od druge strane - isto tako i s Bogom - kada činiš grijeh, konekcija slabi između tebe i Boga - kada odlučiš postati nepopravljiv i iznova raditi grijeh tada prestaju pozivi između tebe i Boga - kada uroniš u grijeh cijelim tijelom, dušom, srcem, umom i djelima više nećeš moći uspostaviti kontakt s Bogom ali bilo kada Bog ti se može javiti jer ćeš još uvijek moći da primaš poziv od Boga jedno određeno vrijeme.

Kako onda može grijeh čovjeka popraviti?

Kao što rekoh - ni jedan grijeh nije dobar - ali neke grijehe Bog iskoristi i čovjeka privuče sebi - osoba počinila ubojstvo - sjedi u zatvoru i odluči da pročita Bibliju i shvati da Bog postoji - prihvati Boga i Isusa i vrati se Bogu. Osoba učini grijeh ili srce obavijeno tamom i nikad nije upoznala ljubav i toplinu i Bog učini na neki način da osoba progleda.

Ima mnogo priči iz grijeha ljudi koji su pronašli svjetlo ali isto tako ima i priči ljudi koji su napustili svjetlo i sada hodaju u tami.

Zašto?

Nitko ne zna ali većinom zbog razočarenja u život - takvu stavku Sotona koristi kao oružje i one koje može uhvati u mrežu i odvuče od Boga u svijet tame.

Ako smo vjernici i želimo biti vjernici onda nikad ne bi trebali biti razočarani u život - sve je od Boga - i kada ti je loše od Boga je da te kaznom učini jačim za ono što dolazi - moramo jedno još znati:

Kada odjeću uprljaš od rada i znoja onda uzmeš drugu čistu a takvu prljavu odneseš na pranje. Tako i mi - danas - ovoga trena - imamo prljavu odjeću - trebamo ju skinuti i obući novu bijelu odjeću a to možemo jedino ako prekinemo ići za bilo kojim oblikom grijeha - prihvatimo Isusa i dopustimo kroz vjeru u Isusa da učini kroz svoju ljubav našu odjeću novom čistom bijelom bojom.

Žudnja te može uništiti

Tvrde neki s velikom tvrdošću uz meke riječi da su Bibliju pisali ljudi - pazi ti to - da ponovim još jednom - Bibliju su napisali ljudi. Znači li to nešto - meni ne znači - ali vjerojatno nešto treba da znači kada tako slatko vole da pričaju i sa slatkoćom bez i jedne "sekunde zabrinutosti" kažu: Bibliju su pisali ljudi.

Dobro - volim Bibliju i ne želim da ulazim u dubine ludila u kojima se skriva svijet u kojem vjeruju da je Biblija izmišljena ljudska mašta i priča za djecu - vjerujem da je Biblija pisana Božja riječ i to je to.

Al' volim kad me "strijela pogodi" i aktivira to nešto u meni - od toliko knjiga najveća pažnja i pozornost je usmjerena na Bibliju - zašto?

Imali logike bez logike kada kažu Bibliju su pisali ljudi i time žele reći da su ljudi mogli da izmisle bilo što i ubacuju svoju maštu ili pretjeruju u pričama kao ono "od muhe prave slona". Dakle - ne vjeruju u Bibliju i pisanu Božju riječ - i to je u redu - vjeruj što god želiš - vrijeme kraja je blizu!

Tko bi mogao napisati Bibliju - sama od sebe - ili je Bog trebao doći na zemlju da svi ljudi vide Boga i da Bog kaže:

Ja sam Bog vaš tvorac i ova knjiga su moje riječi napisane za sve vas da naučite živjeti ova knjiga će se zvati Biblija.

Dali bi tada ljudi vjerovali ili bi opet rekli to nije bio Bog tko zna što tehnologija sve može da učini, to je bio neki hologram.

Prvo što trebaš učiniti jest da shvatiš kako je nastala Biblija - u vrijeme Isusa su živjeli ljudi kao i danas uz Isusa su bili učenici koji su pod snagom Duha pisali kao i mnogi drugi preko kojih je Bog djelovao da se zapiše sve i nije sve u Bibliji se dogodilo u jedan dan. Drugo Bibliju možeš čitati i to je to - razgovarati s Bogom - biti ispunjen Duhom i riječima iz Biblije - treće Biblija je cijela povezana a opet je sve za sebe - četvrto Biblija je vezana za Isusa - peto Biblija je kompas života.

Ako su obični ljudi izmislili Bibliju kako onda može takva knjiga imati tako precizna proročanstva od kojih su mnoga već ispunjena?

Kako Biblija može imati takvu moć da mijenja čovjeka a ni jedna druga knjiga ne djeluje tako?

Ako su obični ljudi u ono vrijeme izmislili Bibliju - kako u današnje vrijeme i do dan danas od toliko pisaca rođenih nikad nitko nije uspio da napiše knjigu koja će nadmašiti Bibliju?

Biblija je jednostavna knjiga koja radi i djeluje na čovjeka odmah i istog trena kada ju uzme čitati.

Kako su obični ljudi mogli izmisliti takvu knjigu koja ima sve zakone i pravila u sebi i jedna od mnogo zapovijedi koje su od Boga kako živjeti i kloniti se grijeha, ako su u ono vrijeme mogli to izmisliti bez snage Duha i Boga onda u današnje vrijeme treba da se mnogo više i bolje može izmišljati a to se ne događa.

Zapovijed koja je jako bitna i nalazi se kao posljednja od Deset Božjih Zapovijedi u toj zapovijedi koja govori o žudnji čovjeka da želi tuđe nešto je prejaka zapovijed i ta zapovijed u sebi sadrži sve što danas sve više ljudi čine - postaju pohlepni, ljubomorni i depresivni iz raznih razloga a jedan glavni jest: žudnja i želja da imaš ono što drugi ima. Korak po korak i grijeh ulazi u život u srce u um a tada se život pretvara u opasnost vlastitog života. Ne mogu svi imati isto, i zato je žudnja opasna stvar. Nije opasno i grešno imati želju (bolji život i život s puno vremena za obitelj i neki svoj hobi, možda pisanje ili čitanje) grijeh je želja uz žudnju koja te pretvara u opsesivnu zaludanu osobu koja ništa drugo ne vidi i neće se umiriti dok ne imadne to nešto što ne pripada tebi i tada kreće pljačka i krađa a to je već i više od grijeha. Žudnja i grijeh te vode u ludilo - otvaraš vrata nekom od zli duhova i više teško vladaš sam sobom.

Iz Biblije:

„Ne poželi kuće bližnjega svoga! Ne poželi žene bližnjega svoga; ni sluge njegova, ni sluškinje njegove, ni vola njegova, ni magarca njegova, niti išta što je bližnjega tvoga!“ (Izlazak 20,17).

Ne plaši se vjerovati Bogu

Kada želiš jačati u Duhu Božjem kroz molitvu i čitanje Biblije s čvrstom odlukom da napustiš svaki oblik grijeha i vjeruješ da ćeš to postići s odlukom da ćeš sve raditi za Boga i s Bogom. Tvoje srce, um i način života postaju iz dana u dan promjenjivi i onaj čovjek do jučer više nije isti - postaješ novi čovjek i nanovo rođen - osjećaš i sam to sve - kroz tebe prolazi "struja" Duha kojeg primaš u tijelo Božjom riječju i odlukom da ćeš živjeti za Isusa i s Isusom.

Tvoj jezik ne može biti vezan u tebi se stvara nagon čvrst i plamen vatre - ne možeš biti tih - moraš da svjedočiš da svi čuju da je Isus živ i želiš da pričaš o Božjoj riječi da što veći broj ljudi približiš na put prema Bogu.

Kada doneseš takvu odluku i kreneš da živiš život za Boga - ono što ćeš da čuješ neka te ne izbaci iz takta na koljena ostani čvrst kada od drugih ovo čuješ:

-Nećeš ništa promijeniti i Isus je bio na zemlji i ništa nije promijenio. Misliš da ćeš ljude spasiti ako ljudi ne žele spas, uzalud trošiš vrijeme na Bibliju i da pričaš nekome o Bogu od tebe će svi bježati i ostat ćeš sam s osudom da si lud. Bolje da ćutiš i ne pričaš o Bogu ljudi ne žele da slušaju o Bogu a oni koji izraze želju neće slušati tebe oni će ići u Crkvu. Da ne ostaneš sam od svih bolje prestani sramotiti sam sebe pričanjem o Bogu - to je moj savjet a ti opet radi kako hoćeš!

To je priča s kojom ćeš sigurno se sresti od drugih ljudi - ima vjerojatno i gorih priči a ovo je samo jedna sitnica od mnogo s kojim se susreću oni koji odluče ići putem prema Bogu. Žalosno ili ne, ovaj svijet postaje tama i možda ne treba gledati na sve tako negativno i imati strah - nema straha - zato što bilo koji oblik straha hrani demone - Isus je svjetlo i spas i nema te tame kroz koju ne možeš da hodaš s Isusom. Na sve treba gledati da je sve od Boga i kada radiš za Boga i s Bogom i ona najteža patnja i gorčina će ti biti "med i lakoća" i sva težina može postati Blagoslov od Boga ako doista iz srca i s vjerom u Isusa radiš za Boga i Isusa.

Iz Biblije:

"Predavat će vas sudovima i tući će vas u sinagogama i vodit će vas pred upravitelje i kraljeve zbog mene, njima za svjedočanstvo" (Marko 13:9).

Strpljenje treba u svemu

Ništa ne ide na brzinu ili "glavom kroz zid" a također nije dobro da ide "zid kroz glavu".

Mi ljudi imamo u sebi to nešto što nije "strpljenje" kažu može se vježbati "strpljenje" Bog nas je stvorio a Bog je strpljiv - zašto mi nismo strpljivi? Bog je ljubav - zašto mi nemamo ljubav?

Od Boga smo i imamo iskru Boga u sebi - zašto onda nismo ni blizu Boga?

Ima i previše toga sa - zašto i zašto nije - ne može sve ići na: Sotona je kriv ili Adam i Eva ima tu mnogo više od grijeha Adama i Eve i Sotone - ima to nešto što nedostaje da slika bude potpuna.

Nismo strpljivi i to je jedan od problema u svemu i dođe kao prepreka za sve. Kada se molimo Bogu očekujemo uspjeh odmah sutra. Što god da radimo očekujemo da krene preko noći - možda smo zaboravili da ono što se postigne preko noći, brzo ide u zaborav.

Radiš u firmi i plaća je mjesečno - kako imaš strpljenje kroz rad i čekanje plaće mjesec dana - kada treba pročitati Bibliju onda je Biblija knjiga koja ima sitna slova i mnogo stranica je u Bibliji i to je teško čitati treba imati živce za takvo što - laž a laž je grijeh ali to su riječi današnjih ljudi.

Ni knjiga se ne može napisati preko noći i treba mnogo truda i živaca i vremena - ali pisati se može a kada treba čitati Bibliju onda se nema strpljenja - Bog je u pitanju i sve što ima veze s Bogom, treba živce imati - vidiš - opet griješimo - sve ima veze s Bogom - kada pišeš knjigu taj dar je od Boga a ne od tebe samog - kada sve ima veze s Bogom u čemu je onda problem ili čitao Bibliju ili ne isto je - kažu neki - ali nije isto zato što Bog želi da se družimo s Bogom i to možemo kada krenemo čitati Bibliju.

Za sve treba strpljenje kao kada u zemlju ubaciš sjeme ono zahtijeva vrijeme da izraste i donese plod - ako udari led i ubije plod tada sve propada. Tako i strpljenje za Boga i put prema Bogu - svaki dan postaješ sve jači i Duhovno sazrijevaš - ali - jedan grijeh može povući još grijeha i tada završiš isto kao plod kojeg na kojeg padne led (tuča).

Ako želiš još - isto ti dođe i sa svijetom kriptovaluta - strpljenje i ulaganje - ako krene prema gore pokupiš nagradu i završena priča.

Iz Biblije:

"Gospodin je dobrostiv onome koji ga čeka, duši koja ga traži" (Tužaljke 3:25).

Nije sve horor iz mašte

Pojam horor dolazi od latinske riječi: horror (užas). I popularnost je stekao u svim kategorijama počevši od 18.stoljeća kao književnog žanra s romanom Horacea Walpolea (Otrantski dvorac, 1764). Danas je horor "raspršen" u sve od sličice na šalici za čaj do majice i naljepnice na "autu". Horor je popularan iz različitih razloga i ukusa pojedinaca kako odraslih ljudi tako i kod djece i mlađeg naraštaja najviše u doba tinejdžera. U današnjem stoljeću u književnosti horor žanra jedan od utjecajnih autora je Stephen King čija djela su korištena za stvaranje filmova i serija koje također uzimaju popularnost i gledanost.

Ništa strašno u svijetu mračne ulice kroz koju hodaš i čekaš unutar sebe tko će iz mraka da skoči pred tebe s nožem u maski i kapuljači? Nema straha jer se to događa samo u mašti i filmu, hodati kroz takvu ulicu jedino može pred osobu da skoči "jež" ali jež ne skače a klokani su u Australiji zato stavi ruke u džepove i opušteno hodaj kroz mračnu ulicu i budi bez straha dok koračaš kroz mračnu ulicu i budi siguran da će neka druga ulica imati svjetlo.

Nije sve u životu horor i nije svaki horor stvoren iz ljudske mašte. Neki horori stvaraju čovjeku maštu. A neka mašta se pojavljuje u određenim ljudima i ne da im mira dok maštu ne pretvore u djelo. Dok neki ljudi govore za maštu i glasove u glavi da je sve to bolest drugi takve glasove i maštu pretvaraju u dobra književna djela koja možda i ti čitaš i uživaš u takvim knjigama ili filmovima i pričaš da je su svi ti ljudi bolesni a isti ti ljudi stvaraju i zarađuju i ti trošiš novac na proizvod onih za koje govoriš da su bolesni - tko je tu lud?

Postoje glasovi u glavi koje ljudi čuju i neki su vezani za bolest a drugi možda za nekog "zlog duha" ako su od duha kako ako oni ne postoje kako mnogi pričaju?

Ako je sve bolest - kako djeca koja još nisu ni u školu krenula - svjedoče da čuju glasove ili viđaju nešto što drugi ne vide - a djeca potpuno zdrava - što je onda tu u igri?

Mnogi koji stvaraju neka "umjetnička ili književna djela" čuju glasove i te glasove pretvaraju u djelo ali i dalje čuju glasove.

Neki svjedoče da u zatvoru čuju glasove koji nisu Božji - glasove i riječi koje bi izgovarali samo demoni. Kako ako ih nema?

Mnogo priči se može pričati kad su tema: glasovi, priviđenja, halucinacije, i sve ono što bi netko rekao da je sve to u psihi i bolest. Nije sve psiha i bolest i najveći problem je što ljudi ne žele prihvatiti istinu da mi nismo sami - jedino je Isus istina - ali ima još istine a to jest - nismo sami na zemlji.

U nekim drugim prilikama će biti mnogo opširnije na teme glasovi a ovdje ću reći samo još ovo:

kreni čitati Bibliju i odluči cijelim srcem ići prema Bogu i sve što radiš to će biti na čast Bogu i radit ćeš sve s Bogom. Odluči pričati i razotkrivati neku vrstu "zla" Sotonu ili nešto istraživati o Sotoni da poslije to svjedočiš i razotkrivaš Sotonu ljudima koje ćeš privući Bogu. Probaj postiti neko vrijeme. I poslije toga ćeš vidjeti što ćeš pričati dali je sve bolest.

Netko ih progoni a čuju i glasove

Ne znam i ne treba da znam - koliki je broj svjedočanstava o Sotoni i ugovoru s đavlom - svjedočanstava da ih nešto ili netko progoni i da čuju glasove - zašto? Zbog brze moći. Kao da postoji neka vrsta natjecateljskog "duha" tko će imati više osoba koja svjedoče to "nešto" za "nešto" jedni pričaju da vide anđele a drugi da vide Sotonu i "zle duhove" svjedoče nekom paranormalnom čudu a drugi da vide mrtve a treći pričaju o vanzemaljcima. Tema o vanzemaljcima se mora spomenuti zato što još to nije došlo ali uskoro će doći. Što to?

Doći će vanzemaljci - neka vrsta - buknut će kao što je i Bitcoin "buknuo na mjesec" zašto mislim tako a pričam o Bogu?

Zato što će na zemlju to nešto da dođe.

Dakle kao što rekoh - nije me briga za broj - ali ako postoji broj da svjedoče - znači da nešto ima i to nešto nije - psiha - za takve stvari odmah reknu: sve je u psihi.

To nije istina. Nešto ima.

Pitanje sada koje bi moglo biti dobro jest:

Oni koji svjedoče da ih nešto "proganja" a to nešto oni ne vide okom nego osjećaju prisutnost a neki čuju i glasove, dobro.

Dali su imali takva događanja i prije ili tek poslije "ugovora s đavlom" zazivanje đavla ili možda su odlučili krenuti prema Bogu - nešto su činili i krenulo je to što sada svjedoče.

Bitno je znati odakle i tada će se znati i zašto.

Mnogi misle uz Isusa su - lijepo - ali treba nešto još znati - Isus neće doći u život pojedinca ako takav nije spreman biti prema sebi "neugodan" i trebaš postati ugodno sklonište za Isusa i nanovo biti rođen s Isusom.

Riječ vjerujem - nije dovoljno - to je isto kada bi cijeli život sjedili ispod nekog drveta i samo govorili - vjerujem - Isus ne traži puno ali traži više od toga.

Kada kreneš živjeti za Isusa u ovo budi siguran da te nitko neće proganjati i nećeš slušati u glavi glasove kada i kako ćeš umrijeti i nećeš imati strah od osjećaja da je netko prisutan koga ne vidiš okom.

Ali znaj da moraš biti spreman da hodaš kroz trnovite staze.

Vrlo je važno čitati Bibliju

Isus nije ni ovo ni ono - tko je Isus? Pročitaj Bibliju i upoznat ćeš tko je Isus? Kako broj religija raste i broj ljudi na zemlji - tako raste i broj kategorija u koje stavljaju Isusa onako kako odgovara nekome. To je isto kao da "čovjeka bijele puti" stavljaš u kategoriju neku kojoj ne pripada. Dali majmun može biti žirafa?

Tako imamo Bibliju u kojoj piše tko je tko i tko je Isus - ovdje neću da pišem - uzmi Bibliju i sam upoznaj Isusa. Nitko ne može upoznati bilo koga preko nekoga. Svatko upoznava bilo koga kroz druženje i vrijeme. Za tako nešto imamo Bibliju preko koje možemo upoznati Isusa.

Ako vjerujemo da je Biblija Božja riječ onda mislim da tu nema problema uzet i krenuti čitati Bibliju.

Zašto je toliko važno čitati Bibliju?

U današnje vrijeme još svijet nije prihvatio - kriptovalute - jedan od načina jest da se kupuje određena kriptovaluta i da dosegne veći iznos i bude prodana za zaradu u Fiat valuti ili zamijenjena za drugu ali zarada od uloga je veća. Znači ulog i ulog.

Tako i s Biblijom - kada svaki dan čitaš ti ulažeš u sebe - hranom Duha preko Božje riječi - rasteš kao kriptovaluta u koju svi ulažu novac da eksplodira rast cijene.

Zato ne pitaj zašto čitati Bibliju nego uzmi i kreni čitati sve ima svoje vrijeme u pravo vrijeme kada dođe vrijeme znat ćeš zašto je bilo važno čitati Bibliju.

Misli na svoju dušu i na ništa drugo

Znam da ti može biti "teško" koračati kroz život. Znam da ti može biti "teško" vjerovati u Boga u stanju koje te "ubija" radiš i žuljeve brojiš a s mjesta nikako da se pokreneš. Kažu bit će bolje Bog gleda na sve i svi smo mi djeca Božja ali opet kada pogledaš sve one koji su "preminuli" i slušali su iste priče kao i ti ali nisu stigli do nekog lijepog života na zemlji. Radili su teške fizičke poslove bez bogaćenja i nekog materijalnog dobra oni su radili da:

plate mjesečne troškove i da prehrane sebe i "obitelj" i nema novca da "šuška raste" žive od plate do plate i nema neke posebne večere "hrana se uzima ona jeftina i obična". Kada pogledaš ljude koji na zemlji žive u još težim uvjetima i okolnostima koje život postavlja pred njih dok koračaju kroz životne tegobe mnogi viču - gdje si sada moj Bože?

Ono što donosi - strah - jest istinita situacija koja kaže:

teško je i mnogo siromaštva na zemlji ima i svi slušaju iste priče a umiru u teškom siromaštvu a priče koje slušaju imaju teme i poruke kao ovo:

Ne brini ništa Bog je s tobom.

Bog gleda na sve ljude.

Ništa nije bez razloga.

Bog ima neke planove za tebe.

Vjeruj u Boga.

Danas će proći sutra je novi dan, bit će sve u redu.

Teško je i Bibliju čitati na "prazan želudac" ili možda ljudi koji ne funkcioniraju bez kave i može doći vrijeme kada nemaju novca za kavu, kako da se mole Bogu i čitaju Bibliju ako je u glavi "Armagedon" i preveliki bol zato što nisu uzeli potreban kofein koji tijelo traži?

Sve su to možda gluposti i sitnice ali te sitnice su istina i nema mjesečno ili svaki pola godine ću čitati Bibliju, svaki dan treba Bibliju čitati - kada dođu teški dani kako tada?

Vjeruj u Boga, neće ti biti lako govoriti molitvu i čitati Bibliju ali možeš koliko možeš i ne predaj se, ono što ti treba da funkcioniraš Bog to zna izdrži i trenutna patnja će nestati.

Mnogo je lakše pričati nego proživljavati kroz neku od "teških situacija" kroz koje prolaze svi koji su rođeni na zemlji. Možda se može reći "sve križ do križa" svaka vrsta života a svi životi su različiti mogu biti uvršteni u kategoriju: križ.

Normala je normalna da neće svi životni putevi biti isti. Možda kada zemlja opet bude raj da ni tada ne bude sve isto. Vjerujemo i čekamo drugi dolazak Isusa.

Ono što je komplicirano i teško jest dio životni sekundi koje moramo istrošiti do kraja prirodnim putem, grijeh je samostalno prekinuti sekunde prije nego Bog odluči i kaže: dođi meni tvoje poslanje je završeno.

Težinu na težinu dodaje slabost vjere, nismo čvrsti u vjeri i ne hodamo s Bogom nego idemo sami protiv vjetra. Ne treba da brinemo zašto imamo siromašan život i žuljeve brojimo dok radimo da preživimo i tako u krug a nikad ne ide na bolje i starost dođe a još uvijek smo siromašni i napuštamo ovaj svijet sa "možda" netko ima da nas isprati ili nema, nitko se ne sjeća teški minuta i dobra koje smo učinili.

Ne brini ništa.

Bog nije digao ruke od siromašnih nego svi imamo svoju svrhu postojanja, zato ne obraćaj pozornost na druge nego misli na sebe i svoju dušu, neće nitko pred Bogom govoriti za tebe. Vjera u Boga i sve će biti u redu.

Ni filmovi a ni knjige nisu iste - svatko priča svoju priču - tako i svi životi - nisu isti i svatko ima svoje poslanje i svoje od Boga - zašto?

Biblija je Božja riječ ispunjena i nadahnuta Božjim Duhom za jačanje Duha. Kažu zar nismo svi od Boga ispunjeni Duhom - nismo.

Do toga se mora doći.

Zar nisu sve duhovne knjige koje govore o Bogu ispunjene duhom - nisu.

Biblija je jedna jedina.

Dali je svaka hrana doista dobra hrana?

Tako i knjige i sve ostalo.

Karanje može biti i od Boga

Prvo da se odmah na početku "razumijemo".

Kao što nije svaki čovjek od Boga i za Boga tako nije ni svaka "kazna ili ukor" od Boga. Kao što roditelj svoje dijete (šiba) daje kazne za bolji odgoj isto tako i Bog kao Otac kara svoju djecu. Kao što rekoh nije sve od Boga.

Postoji mnogo različiti ljudi na zemlji u svemu i različiti životi koje pojedinci žive.

To znači:

ako si lijen i teško ti bilo što i kada ti je teško učiniti nešto što trebaš za svoje dobro i odgađaš to za sutra a sutra opet za neki drugi dan to nije od Boga nego od tebe samog.

Možda se ne može reći kao što sigurno i ne može da neke "stvari kroz život" su od Boga ili je krivac čovjek, postoji i Sotona koji može da učini mnogo toga da čovjeku život ide na loše i da čovjek misli da je od Boga sve što mu se događa.

Uzmimo ovo kao "pomoćni primjer" iz nekog inata čovjek ne želi "posao i da radi" tko je kriv? U ovome slučaju čovjek kao što svaki zdrav i sposoban čovjek ima slobodu da bira hoće li raditi ili neće. Ali ne može onda ni jedan čovjek da krivi Boga zbog svojeg nezadovoljstva ako ne može da ostvaruje zemaljske želje i da kupuje ono što želi imati. U većini slučajeva čovjek krivi Boga i proklinje svoj život i izgovara razne psovke protiv Boga što mu Bog nije dao bolji život. Problem koji se krije iza "zavjese" može da bude "prokletstvo" nad takvim čovjekom ili neko "zlodjelo nekog zlog duha" zašto mislim tako?

Iz razloga - da ponovim - zdrav čovjek ali nije sposoban da vrati volju za životom i molitvom - takav čovjek - misli da mu je sve teško - nema volju za Bibliju. On ne radi ništa drugo osim što ima želje ali sjedi u mjestu i možda ne primjećuje da vrijeme ide i sve je od danas do sutra. Možda se ne vidi ali takav čovjek ima problema s nekim od duhova.

Bog ti dao sposobnost ali ju ne želiš koristiti i to ide pod grijeh i karanje u takvom slučaju nije od Boga nego borba protiv sebe i zloga.

Karanje od Boga dolazi kada čovjek uistinu želi da slijedi Boga onda stižu razne kušnje i borba neće da miruje.

Ono što možda može također biti istina ali teško - čovjek ima borbe koje ne miruju u svemu - ali takav čovjek nikad i nije rekao da vjeruje u Boga ili slijedi Boga - živi zato što je rođen - i to je to - zašto onda borbe u životu takvog čovjeka i to borbe one koje su neke "duhovne vrste" u smislu da čovjek vrijeđa Boga zato što mu svaki dan kao u paklu ali kako takvi ljudi mogu da vrijeđaju Boga kada kažu: Boga nema?

Jedino što ima smisla da Bog ima neke planove za određene ljude ali ne direkt za njih nego djecu ili nekog iz potomstva od takvih ljudi. I da možda Sotona zna ili osjeća nešto za potomke od takvi ljudi i zato ih želi uništiti da se ne ostvari Božji plan. Mi znamo da Bog što naumi tako i bude. Ali postoji mogućnost da Sotona može uništiti nekog ali opet protiv Boga neće ići - ako Sotona uništi jednog u lozi ima još potomaka - tako da:

jedino tako može biti opravdan napad Sotone i na vjerne i one koji ne vjeruju u Boga.

Još da reknem:

ima razni priči na zemlji i slučajeva u kojima Bog djeluje. Ima gdje unazad dosta "koljena" nisu bili neki vjernici. Ali poslije iz takve loze bude rođen netko tko živi za Boga i svjedoči o Bogu po svijetu i živi s Bogom. Tako da nikad ne treba suditi. Bogu ništa nije nemoguće.

Iz Biblije:

“Ja korim i karam sve koje ljubim. Prema tome, budi revan i obrati se” (Otk 3,19).

Sine moj, ne preziri karanja Gospodnjega, niti kloni kad te kara, jer Gospodin kara onoga koga ljubi i šiba svakoga koga usvaja za svog sina. Ustrajte u strogom odgoju! Bog postupa s vama kao sa sinovima. Jer koji je sin, ako je zbilja sin, koga otac ne kara?” (Heb 12,5-7).

"A Gospodin nas kaznama popravlja da ne budemo osuđeni sa svijetom" (1 Kor 11,32).

Mnogi ne vjeruju u postojanje Sotone

Nisi "lud" da vjeruješ u postojanje "đavla i Sotone". Sve je to ljudska mašta. I ono kada je Isus bio u pustinji pa se borio protiv napasti koja se zove Sotona - nema šanse - Isus je bio mnogo dana na suncu i zbog gladi imao priviđanje. A prije nego krenem dalje s tekstom kada već spominjem Isusa da ja pitam tebe sada - kako je bilo što moglo napastovati Isusa kada mnogo godina pričaju da je Isus izmišljeni lik ali pazi sad ovo:

1) Isus je izmišljeni lik.
2) Isus je imao djecu.
3) Isus je vanzemaljac.

To su samo tri usporedbe koje nisu iste i što je onda tu istina?

Tako isto sa Sotonom. Ne trebaš da vjeruješ - misliš da će svijet da stane ako ti ne vjeruješ u postojanje Sotone - dali vjeruješ u Boga i Isusa - nije ni bitno da vjeruješ i znaš da Sotona nije bajka ili mit - dovoljno je i jako dobro da vjeruješ u Isusa.

Oni koji žele da znaju a jako dobro znaju da Sotona postoji i da je u tijeku - duhovna borba - oni se svaki dan oblače u Božji štit preko Biblije i molitve Bogu.

Kažu Sotona je ljudska mašta zbog previše "filmova". Nije mašta i dobro je znati protiv čega se boriš - mnogo puta čovjek misli da je sam sebi neprijatelj - umor - stres - brige - živci - ali više puta u svemu ima prste - Sotona. Pukneš i budeš bijesan - vjerojatno - bude i psovka - i poslije misliš - sve je to umor od života - a što ako nije?

Iz Biblije:

"A ja vam kažem: Svaki koji se srdi na brata svoga, bit će podvrgnut sudu. A tko bratu rekne 'Glupane!', bit će podvrgnut Vijeću. A tko reče: 'Luđače!', bit će podvrgnut ognju paklenomu." (Matej 5, 22)

Ta Bog nije poslao Sina na svijet da sudi svijetu, nego da se svijet spasi po njemu. Tko vjeruje u njega, ne osuđuje se; a tko ne vjeruje, već je osuđen što nije vjerovao u ime jedinorođenoga Sina Božjega.

(Ivan 3, 17-18)

A Smrt i Podzemlje bili su bačeni u jezero ognjeno. Jezero ognjeno – to je druga smrt: tko se god ne nađe zapisan u knjizi života, bio je bačen u jezero ognjeno.

(Otkrivenje 20, 14-15)

"Tako će biti na svršetku svijeta. Izići će anđeli, odijeliti zle od pravednih i baciti ih u peć ognjenu, gdje će biti plač i škrgut zubi." (Matej 13, 49-50)

"Zatim će reći i onima slijeva: 'Odlazite od mene, prokleti, u oganj vječni, pripravljen đavlu i anđelima njegovim!'" (Matej 25, 41)

Nema Pakla - nema Sotone - ima samo ovaj život i kraj. Sve više se čuju takve priče i - mišljenja sve većeg broja pojedinaca - i što sada - mogu da plačem ili razbijam glavu a ništa promijeniti neću - mogu reći:

nije me briga dali vjeruješ ili ne vjeruješ.

Ali ne mogu - nešto unutar mene želi da pričam da postoji Bog i Sotona nije bajka - Sotona postoji i napada čovjeka na sve moguće načine - dali znaš da Sotona nije ljubitelj da se priča o Sotoni ili snima film on ne želi biti reklamiran ali postoji mnogo pjesama koje su posvećene Sotoni kao i mnogo toga na svijetu - istina je s drugim licem koje krije da Sotona - ne želi - marketing o sebi.

Dobro. Što mi imamo od toga ako znamo da Sotona postoji?

Nema veće od tako glatko rečene "gluposti" mi moramo znati ako slijedimo Boga i želimo izdržati na putu prema Bogu mi moramo znati za napade koji stižu od neprijatelja Boga i da nije sve od čovjeka zato što ima to nešto što može biti unutar čovjeka ili izvan čovjeka ali ne miruje i napada čovjeka na razne načine.

Biblija jasno kaže za postojanje Sotone i pakla i mnogi ne vjeruju u takve stvari. Još veći problem što Biblija jasno upozorava na današnje vrijeme kada će rasti broj otpadnika od vjere i vjera će postati "mlohava" i vrijeme o kojem Biblija priča je sada i mi živimo u pretposljednje vrijeme prije drugog dolaska Isusa.

Tako davno a kao da je sve bilo jučer

Svijet se mijenja iz "dana u dan" iz "sekunde u sekundu". Kao da je "jučer" doista bilo "jučer" a "danas" je "danas" sutra će tek da dođe. Kada "gledaš" filmove nove s radnjom u dalekoj prošlosti "tko bi rekao" u ono vrijeme da će doći ovo "danas" vrijeme i način života "tako davno" a kao da je sve doista bilo "jučer".

Znamo da su "filmovi i serije" nešto što nije stvarnost ali je lijepo za pogledati i naravno da ne može tekst ili knjiga prikazati "maštu" ili neku stvarnost kao što to može da učini "filmsko platno". Neki ljudi kažu da "filmska industrija" nije od Boga da je sve to "đavolje djelo" dali je doista?

Na svijetu od prvog dana do dan - danas - se može ići redom i za sve govoriti s nekom usporedbom ili bez mogućnosti za usporedbu sa - đavoljim djelom.

Ne misliš tako?

Ako je koncentracija na "filmskoj industriji" onda se to odnosi i na "muziku" ili sve "knjige" i ukratko rečeno na svijetu je onda sve "đavolje djelo".

Jako glupo rečeno je l' tako?

Ne može sve biti "đavolje djelo" mislim na sve i u svemu da "đavo" ima prste da čovjeka "umuti" kao "kašu" da čovjek bude svuda samo da - ne bude - ni blizu Boga.

Kako bi to bilo moguće?

Preko "subliminalni poruka" da utječe na čovjekov um preko svega. Ovdje se ne može reći da čovjek ima slobodnu volju i izbor. Nema izbora ako postaješ slab u svijetu koji postaje moćan i jak i kada sve vrijeme - nešto ubacuje to nešto u um - koji više ne radi tako - dobro - misli su opterećene i više jačina molitve - nije kao što je bila.

Nema slobodnog i jakog duha - oslabio je - ne vjeruješ?

Kada čovjeku kroz misli prolazi "ogroman broj" raznih misli kao primjer poput ovoga:

hoće li u subotu - pobijediti ta i ta tekma - mislim da na manji ulog mogu uzeti i više od duplo - jučer sam izgubio na Bingu - sad mi kroz misli prolaze razni brojevi - danas je moj dan - vrućina je - idem na piće - večeras ima dobar film - danas Bitcoin pada - na ulog mogu uzeti duplo kada Bitcoin krene prema vrhu - u nešto se mora ulagati - dobra me inspiracija danas uhvatila - moram provjeriti YouTube možda je objavljen novi video za kriptovalute - nisam nekoliko minuta provjerio stanje Bitcoina.

To je sitnica ali takva primjera - radi - sitnica - možeš li zamisliti osobu koja je - kleknula - odlučila se Bogu moliti i neka dva primjera "lebde" kroz misli dok osoba se moli Bogu - hoće li takva molitva biti iskrena i čisto jasna?

Sad mi reci dali "đavo" može utjecati na um čovjeka?

Stvar nije u stvari nego u slobodi uma i tada molitva bude čista i moćna. Teško je u današnje vrijeme imati čist um i psihu.

Borba postaje prejaka - zato - što manje biti vezan za bilo što - a što više za Boga - istrenirati um - da neprestano misli na Boga - i Božje Zapovijedi.

Da se vratimo natrag:

filmovi i sve ostalo - mogu imati đavolje prste i zamke za um - ali ne svi filmovi kao ni glazba - zato oprez - ima mnogo dobre muzike koja nije od đavla kao i filmovi koje svatko voli da gleda ali imamo veliki izbor i nitko nije rekao da gledamo nešto što može imati zamku za čovjeka i dušu.

Kada pogledaš prošlost kao što rekoh davno bilo u vrijeme "Mojsija" tko je mogao zamisliti svijet ovaj danas?

Tako i budućnost "mnogi" ne vjeruju u drugi dolazak Isusa ali Isus će doći.

Mnogi nisu vjerovali da će doći doba "umjetne inteligencije" ali to doba je došlo.

Tako će doći i vanzemaljci i svijet kao iz filmova "peti element" i doba terminatora.

Novi svijet uskoro dolazi i doba kada će čip biti ispod kože i doba kriptovaluta.

Pogledaj i knjige eBook postaje popularan a tiskane idu u zaborav. Sve se mijenja.

Tako može doći i doba kada Biblija neće biti čitana u svijetu budućnosti. Ali ono što ja mislim da - svijet kao iz filma - peti element - bude prakticirao i aktivno čitao Bibliju - bez obzira na to što će u takvom svijetu - auta da lebde zrakom.

Nama sada je možda do "smijeha" kada u glavi sagledamo slike nekog dalekog novog svijeta ali takav svijet će postojati i to je isto kao u doba "Egipta" oni što su gradili "piramide" služili princa i da je netko pričao u to vrijeme o svijetu u kojem smo mi danas što bi rekli?

Tako i svijet u budućnosti - on je tu - gradi se ispred naših očiju u naše vrijeme.

Pričamo o filmovima - mislim da bi dobar film bio kada bi u svoje ruke uzeli da odrade film Adam i Eva u produkciji Netflixa - ili - film: svijet anđela i pad anđela rat na nebu ali početak kako je rođen Sotona i ako je prvo bio dobar zašto je sada toliko loš?

Borba kroz maglu

Vjera je poput "borbe kroz maglu" isto kao borba kroz kripto tržište, svaki dan nove valute i pronađi onu koja će rasti i tebi donijeti novac da budeš u plusu i to nije grijeh to je vrsta posla, ali treba biti oprezan na ovisnost koja može da košta novca i psihe a psiha te može odvući u smjer u kojem nema Boga.

Sve se odnosi na životnu borbu da čovjek nekako sebi olakša život i učini ga boljim s više vremena za obitelj i druženje ili više vremena za čovjekov hobi kao što je pisanje: romana i knjiga ali vrijeme i za Boga i kada pogledaš u jednom danu je to teško možda i "nemoguće" ali je moguće dogovoriti se s Bogom i jedan dan posvetiti Bogu a ostalih šest dana druge potrebe dok čovjek ne stigne do levela s više vremena za sve.

Teško je imati vremena za sve i tko plaća tu "Bog" opet Bog dobiva najmanje a daje najviše.

Bogu jedan dan a tebi ostalih šest dana i zašto biti ljut na sebe ili Boga kada ovaj svijet nije konačna stanica - ovaj svijet je početna stanica odakle vlak kreće.

Završna stanica je u vječnosti.

Zato nema potrebe za brige nego osmijeh i ljubav - koliko je prošlo sada da čitaš ovaj tekst?

Više nikad nećeš vratiti te minute i minute koje ćeš potrošiti kada napustiš ovaj tekst.

Nitko - ni ja - ni ovaj ili onaj - ne može pomoći - ali - Bog može - kako?

Pričamo o vremenu.

Samo Bog može "udvostručiti vrijeme" mnoge hvata "stres" moj hobi - moje kriptovalute - ovisan da više puta pregledam stanje dali Bitcoin ide dolje ili raste - nemam vremena za blog/portal - obitelj me kao loptu okreće - Bog traži da vjerujem u Boga a dao mi život kao u paklu - hoću mir da pišem knjige. Još mnogo "ludi svjetski kategorija" se može uvrstiti u tekst ali nema potrebe - onaj tko shvaća već je shvatio -

da - Bog najmanje traži a najviše daje - Isus je rekao - tko djeci čini dobro taj čini Isusu dobro - Bog traži jedan dan za Boga - obitelj ne traži tvoje cijelo vrijeme - treba prestati koristiti laži - kriptovalute se ne moraju provjeravati bez daha.

Samo Bog može učiniti da pišeš knjige ili romane brže nego misliš - Bog može učiniti da tvoja jedna knjiga učini dobra više nego da pišeš mnogo godina ili mnogo knjiga - jedna knjiga može učiniti mnogo toga - ali - pitanje je dali vjeruješ - da - Bogu ništa nije nemoguće?

Život bez grijeha

Možeš li zamisliti sada svijet u kojem su svi "isti" nema grijeha - nema ljubomore - nema jutarnje sirene zbog "ubojstva ili pljačke" nema gladnih i nema straha od napada zbog religije i vjere.

Svi ljudi su isti i živimo život pun sreće i ljubavi. Može se reći "savršeni svijet" raj.

Možeš li zamisliti da će doći takav dan, želiš živjeti u takvom svijetu?

Savršeni svijet i novi raj - nisu još gotovi.

Mnogi misle i imaju pravo da misle - kada umreš postoji neko drugo mjesto gdje opet budeš rođen i živiš tamo "negdje" i opet jednog dana kroz mnogo puta rođen i mnogo puta preminuo budeš ponovno rođen na zemlji.

Dobro. Može se i tako pričati a onda bi priča bila nešto poput ovoga:

Prema Bibliji ova "mašta" nema mjesta ali moguće je sve i zašto je moguće sve?

Nije daleko od istine da postoji još mnogo svjetova na koje nikad ne možeš doći osim preko smrti, prema zasluzi završiš negdje gdje odgovara tvojoj duši prema dobroti ili grijehu. Recimo Bog nije nestao on postoji i ne miruje on je umjetnik a takvi ne mogu biti u miru nego stvaraju. Što sve može da znači da je Bog još stvarao "možda još puno svemira i svjetova svaki za sebe i nema prijelaz iz jednog u drugi osim preko smrti". I možda još uvijek stvara i usavršava svako stvorenje prema svojoj volji. Teško je prikazati "sliku" što se možda događa ispred naših očiju.

Vratimo se na temu "život bez grijeha" prije toga da reknem da postoji u svijetu "opasno pročišćavanje žita" tako da raste broj religija i vjera i nekih vođa koji znaju svakoga dovest do Boga i "sole pamet jedni drugima" odjednom svakom čovjeku treba čovjek da netko nekoga dovede do Boga - što je s Isusa i Biblije?

Dobro!

Ono što može da bude a nije prema Bibliji ne mora da znači da nije tako a može da bude tako ali opet i ne mora.

Bog stvara i recimo da postoji svijet Anđela u kategorijama - s nižeg prema jačim i boljima - to je već nekoliko svjetova.

Onda level gdje su Isus i Anđeli i odabrani poput: Ilije i Abrahama.

Onda svijet poput onoga što pričaju o viđenju pakla i nekog mjesta gdje su: pali anđeli.

Onda svijet gdje su vanzemaljci - ako ih je Bog stvorio ako to nisu "demoni".

Svijet ovaj na kojemu živimo: zemlja.

I još mnogo svemira s planetom poput zemlje.

I sve da postoji i netko završi negdje prema svojoj želji i onome što jest a znamo da mnogi preminu s mnogo nedovršenog posla i mnogi nisu postali savršeni. Bog je ljubav i voli svako svoje stvorenje i neće uništiti ni jednu dušu nego će pustiti da živi prema svojoj želji i onome što ta duša voli.

Recimo da Bog tako radi.

Priča je prema ljudskoj mašti. I još nešto:

takva mašta nije prema Bibliji i ovo može da bude:

Biblija je završena i nema više oduzimanja ili da se nadopunjuje s novim prorocima koji hodaju zemljom i iz takvog razloga nema opisa da Bog možda stvara još svemira ili novih svjetova.

Život bez grijeha u savršenom svijetu - ne postoji još uvijek - prema Bibliji takav svijet će postojati kada prođe - sudnji dan - kada Isus dođe u svojoj slavi - Bog će uništiti ovu zemlju i stvorit će novo nebo i novi svijet a grijeh će u potpunosti biti izbrisan sa zemlje.

Da živimo u takvom svijetu - životu bez grijeha - za ulaz trebamo slijediti Boga i Isusa.

Iz Biblije:

U to će vrijeme uništiti sve što je stvorio, "nebo i zemlju" (Postanak 1,1).

Na kraju tog razdoblja Sotona će biti oslobođen, ponovno poražen i bačen u ognjeno jezero (Otkrivenje 20,7-10).

"Budite dakle savršeni kao što je savršen i vaš Otac koji je na nebu." (Matej 5, 48).

Ako tko i sagriješi, zagovornika imamo kod Oca – Isusa Krista, Pravednika. On je pomirnica za grijeha naše, i ne samo naše, nego i svega svijeta. (1. Ivanova 2, 1-2).

"Živite po Duhu i nećete udovoljiti željama grešne prirode" (Galaćanima 5,16).

Ono što još postaje "interesantno" u današnje vrijeme usavršava se "metaverzum" a donekle su usavršili "umjetnu inteligenciju" koja kaže:

na zemlji neće više biti života svi ljudi će nestati. Za opširnije istražite Google.

Neće biti života, zašto onda trud i muka i bol, čemu trud za život ako uskoro neće nitko biti živ? Nema predaje i samo Sotona mrzi život. Bit će kako Bog odluči. I tko god nešto da priča - u redu je - odmah se oko toga diže prašina - umjetna inteligencija rekla - prašina u zrak. Sve što se priča - Biblija je to već rekla i Bibliji se ne pridodava toliko pažnje a kada robot rekne onda odmah - strah i panika.

Žalosna istina - ali što se može?

Možda sekta nije sekta

Subotari su subotari i zovu ih subotari zato što poštuju Božju Zapovijed da se subota posveti Bogu. Oni su "sekta" zato što žele živjeti prema Bibliji. Sekta su zato što su drugačiji. A mi smo? Što smo mi bilo to ja ili ti ili vi? Što smo mi?

Činimo grijeh odmah čim otvorimo usta i nismo ni progovorili kako treba učinili smo grijeh. Želiš da spomenem barem jedan a da nije psovka?

Kada "pljujemo jedni protiv drugih mi činimo grijeh jer to nije ljubav i ne ljubimo kao ljudi jedni druge nego pljujemo jedni protiv drugih". Ovaj je grešan - onaj ne tumači dobro Bibliju - onaj je pun grijeh - ovaj je sekta - onaj tamo je sekta - možeš cijeli dan i svaki dan pljuvati na bilo koga. Mi ne činimo da pomognemo jedni drugima na lijep način. Nego gledamo tko će koga dublje da smjesti. Ako smo za Boga onda nismo jedni protiv drugih ako jesmo onda činimo suradnju sa "zlim duhom" ili Sotonom. Mržnja nije od Boga nego od zloga.

Ako si siguran da si na pravom putu a onaj drugi čovjek nije na putu prema Bogu a želi to, pomozi mu.

Iz Biblije:

“Što gledaš trun u oku brata svojega, a brvna u svom oku ne opažaš?” (Lk 6,41).

Svi "mi" volimo "suditi drugima" ovdje mislim ne na sve ali može se reći da svi imaju volju i motivaciju da pričaju protiv drugih "bilo što".

Kada je riječ o putu prema Bogu a pošteni smo vjernici koji se trude prestati biti neki "mlohavi vjernik" kada kažeš da Sotona postoji onda ćeš besplatno dobiti "etiketu" kao "mlohavi vjernik".

Riječ "suditi" se odnosi na "ludilo" sekta i svi su sekta, ja čvrsto mislim i vjerujem da nisu svi sekta ali nisu ni svi na pravom putu prema Bogu. Možda nisu svi daleko od Boga ali dovoljno je malo da "zli duh" učini mnogo štete.

Ako Bog kaže da je subota za posvećenje Bogu onda nikako to ne može biti "utorak" ili sada da ja kao obični smrtnik kažem neću subotom nemam volje ali imam volje svake "srijede".

Kad završim s takvom zapovijedi onda mogu opet neku drugu uzet i mijenjati što želim - tako mogu uzet Bibliju i pisati novu - dali je to u redu?

Mnogi ljudi se ljute kada pričaš o Bogu ali ne treba biti ljut Bog nije moj ili tvoj Bog je za sve ljude.

Ovo se neće dogoditi za života i prije nego Isus dođe na zemlju:

Svi bi trebali slijedi istog Boga i ljubav jedni prema drugima bez ljubomore i mržnje.

Piše da će svi ljudi na zemlji da čuju za evanđelja i Isusa.

Dakle:

Postoje sekte opasne za život ali nisu svi sekta zato što žele živjeti prema Bibliji.

Bog je strog igrač

Koji dan Bog želi da čovjek posveti Bogu prema Božjim Zapovijedima?

Kada čovjek odlučuje sam za sebe i pusti da ljudi donose "neke odluke" za čovjeka protiv Božje Zapovijedi onda ne može biti dobro.

Zašto i kako?

Mi smo svi stvorenje koje će reći "nismo savršeni" svi mi "tragamo za Bogom i usavršavamo ili upotpunjujemo jedni druge

"duhovnim znanjem".

Kakvo to znanje "duhovno treba" da čovjek koji želi biti pošteni vjernik i sljedbenik Boga treba da čuje i sluša i onda će takva osoba postati "dobar sljedbenik Boga".

Dakle. Dio koji nije "kristalno dobar i jasan" jest ovaj:

Bog dao Zapovijedi a jedna o kojoj pričam jest dan posvećen Bogu i takvu Zapovijed mi ljudi možemo da promijenimo iz razloga zato što nešto nije u redu i ne sviđa nam se ili je to jedna vrsta "moći kojom se suprotstavljamo Bogu" možemo da mijenjamo što god želimo i neće biti kako Bog hoće nego kako mi ljudi želimo.

Zar ima bolje uputstvo za život i sve što čovjeku treba od Biblije Božje riječi, možda Bog nije rekao neke stvari dobro i mi kao ljudi imamo moć da učinimo bolje?

Ako je Bog rekao tako i tako zašto onda ne slijedimo Boga i Božju riječ?

Kažem vam da nešto nije kako treba.

Nije samo riječ što ne poštujemo Božju Zapovijed u vezi dana posvećenog Bogu. Neće zbog toga "Bog umrijeti" Bog ostaje Bog a mi sa svakim činom ne poslušnosti sebe udaljavamo od Boga i svega što Bog želi za nas i sve "blagoslove" koje Bog želi udijeliti poslušnom čovjeku neće nam to dati.

Zamisli sebe kao šefa neke "dobre firme" i dođe netko tko ne želi da poštuje pravila firme i još ih želi mijenjati, kako ćeš reagirati ako si mnogo godina uložio u razvoj firme, i sve ide dobro i sada neki običan radnik tek došao u firmu i želi promjene za koje on misli da su dobre, hoćeš li poslušati takvog radnika?

Tako isto s Bogom i Zapovijedima one nisu ključ za sve ali ipak jesu dovoljan ključ da ideš prema svemu što je dobro.

Ključ zbog života prema Bibliji je bitan i nužan ali postoji pravilo da pravila i nema zato što može biti spašen i vječno da živi u raju i osoba koja živi prema Bibliji i osoba koja nikad nije pročitala Bibliju. Svatko može biti spašen.

Onda čemu briga i priča u vjetar kada Bog odlučuje za sve.

Postoji riječ ali i ako.

Mi imamo Bibliju i možda je bolje biti na Božjoj strani nego na strani "nadam se" Bog je ovo i ono i progledat će mi kroz prste.

Bog je strog Bog i ljubomoran Bog s neopisivim strpljenjem i ljubavi kakvu ljudi ne mogu zamisliti. Ali opet moramo znati: Bog je igrač i to strog igrač.

Mučenje može biti od zlog duha

Prvo da te pitam - koja je zapovijed Božja za dan posvećen Bogu, koji je to dan odredio Bog?

Sada kad si naučio i shvatio da Bog ima zapovijed za dan posvećen Bogu, sada možemo krenuti dalje.

Možeš li sebe zamisliti kao dobrog roditelja koji ima dijete ili više djece - broj ne igra ulogu. Reci mi:

ti kao roditelj si napravio život i taj život je tvoja krv unutar djeteta i reci mi - dali bi ti kao roditelj zahtijevao od toga djeteta da se muči - naprimjer - uzme bič i udara se preko leđa do krvi i gledaš kako leđa tvojeg malog djeteta postaju krvava i rebra se vide jer toliko jako se kažnjava bičem da meso otpada. Možda nije dovoljno sada treba da hoda bosih nogu preko vatre.

Uglavnom ti kao roditelj gledaš kako se dijete kažnjava i danima odbija hranu i živi samo na vodi i sve to da dijete pokaže ljubav prema tebi kao roditelju ili sve to želi da radi kako bi dokazao svoju ljubav i vjeru u tebe kao roditelja i želi se dokazati da ti kao roditelj ugodiš djetetu i kupiš nešto što dijete želi a to nešto nije: svemirski brod.

Traži neku veću ili manju sitnicu.

Reci mi:

dali je to normalno i dali bi odobrio da tvoje dijete tako kažnjava sam sebe?

I uz sve to - dijete ne želi povrijediti tebe i tvoj "novčanik" i neće da traži neki sitni novac koji treba djetetu nego dijete ide od susjeda do susjeda i traži novac.

Sad mi reci:

sviđa li ti se takva priča?

Zašto onda vjernici idu da kažnjavaju svoje tijelo s izgladnjivanjem ili mučenjem svojeg tijela da ugode Bogu?

Bog nije mučitelj - Bog je ljubav.

A ljubav ne traži mučenje nego voljenje.

Bog ne traži da se mučimo i svoje tijelo udaramo bičem ili nekim predmetima nanosimo bol tijelu da iskažemo ljubav prema Bogu.

Prvo što radimo kao grijeh jest:

ne poštujemo svoj život i tijelo zato što na način bola koji svojem tijelu nanosimo mi ubijamo život i tražimo smrt. Neki kažu što prije umrem to ću prije biti kod Isusa. To nije od Boga i to ne treba raditi, kada dođe dan i Bog nas pozove kod sebe tada je kraj a mi trebamo voljeti život a ne sebi nanositi bol kako bi pokazali ljubav prema Bogu.

To nije ljubav to je "zli duh" u tijelu koji čini da sebi nanosiš bol. Isus je trpio i sada moramo i mi - nije istina to je laž od zlog duha - Isus ne traži da sebi nanosimo bol i svojem tijelu nego traži ljubav da ljubimo jedni druge i vjerujemo u Isusa kao spasitelja.

Još jedno:

ako dijete ide tražiti novac od bilo koga - traži pomoć od nekoga - to radi da ne povrijedi tebe - svejedno ti je ili?

Zašto onda mnogi traže pomoć od bilo koga tko je slijedio put Boga i sada idu da se mole nekome tko je stvorenje - Bog ne traži da radimo tako - imamo Boga i Bibliju i Isusa - to je sve što trebamo.

Mnogi se muče da postanu svetci - nemam ništa protiv toga - ali imam nešto što možda nije od Boga - postoje zli duhovi i postoje šanse da oni na neki način muče ljude da muče svoje tijelo i trpe za Boga i poslije postanu svetci kojima se mi molimo - mi trebamo samo Bogu se moliti.

Bog nije rekao da mučimo svoje tijelo i tako ćemo ugoditi Bogu - ljubav i vjera je što Bog traži.

Rekoh - postavi se na mjesto roditelja i sve će ti biti jasno - Bog je naš Otac - ne vjerujem da traži da mučimo svoje tijelo kako bi ugodili Bogu - mi trebamo ljubiti život i svoje tijelo a ne da se mučimo a još gore što "neki" mnogo toga čine da tako završe sa životom i žive s Isusom. Nije dobro tražiti smrt prije smrti i mrziti život, nego ljubiti život a dan kada dođe - živjet ćemo s Isusom.

Isus ne bičuje i ne muči svoju Crkvu nego ju ljubi - Crkva je tijelo Isusa - mi ne smijemo imati nikakav oblik mučenja nego - ljubav i ljubljenje - sve što ima put mučenja, može da bude od nekog "zlog duha".

Put spasa

Dali je uopće bitno i koliko je bitno ako su Masoni deo Iluminata? Kako u Crkvama dolazi do "raskola" i onih koji se udalje od Crkve da osnuju svoju i tako u krug. Isto se događa i sa "tajnim društvom" i tako nastaju nova "tajna društva" osnovana od člana koji je bio član nekoga "tajnog društva".

Sve govor do govora i riječi prate riječi da nas uopće nije briga za bilo koje "tajno društvo". Novčić ima dvije strane i druga strana novčića prikazuje malo drugačiju istinu a ona glasi poput ovoga:

Broj članova u Masona raste, ako Masoni ne postoje kako onda netko može da bude član nečega ako to ne postoji? Gledanost raste u filmova o Masonima i mnogi traže neke filmove o "tajnom društvu" ako nas nije briga za takve stvari zašto onda ogroman broj traženja na temu Masoni, Iluminati i filmovi o Masonima.

Lažemo sebe a onda i druge a uopće nije bitno dali lažemo i zašto. Postoje samo dva puta ili ideš lijevo ili desno. Oduvijek pozornost privlači "tajno društvo" a popularnost uzimaju Masoni i Iluminati. I mnogo ljudi istražuje bilo što oko nekog "tajnog društva". Ono što mislim da bi mnogi prihvatili ulaz u Iluminate samo da imaju pravu priliku. I to je interesantno kako su ljudi smiješni, priča se o nečemu da nije dobro, događa se mnogo čega i opet ljudi idu u pravcu koji je loš. Ne idu prema Bogu, nije ih briga, recimo prorok Ilija kada je pobijedio one koji su ga proganjali i vatrom dokazao tko je gospodin zašto ne slijede svi pravog Boga, postoji mnoštvo dokaza o pravom Bogu ali ljude ne zanima Bog oni vole neke tajne i društva. Put spasenja nije u izobilju, put spasa je uzak i gorak put ali nijedan put ne sadrži spas ako na tome putu nije Isus.

Zle misli

Svaka riječ ima moć i kao da je "živa" svaka misao ima moć i može da postane "živa".

To nije ništa novo, ali još uvijek nije usavršeno da svaki čovjek ima pozitivne misli i pozitivne riječi. Da pazi na jezik i misli zato što:

"Iz srca izlaze zle misli" (Mt 15,19).

"Kakve su misli u njegovoj duši, takav je i on" (Izr 23,7).

Zašto si dopustio Sotoni da stavi u tvoje srce misao da lažeš Duhu Svetome i skrivaš se to od cijene zemlje?" (Djela 5:3).

Misli i misli i puno u Bibliji ima o mislima, riječi i djela. Tako da moći uma su od Boga već rečene a današnje "škole prakse" daju hvalu nekom trećem a ne Bogu.

Zato se i ponašaju ljudi u današnje vrijeme kao da su tek otkrili neku "moć kroz meditaciju" ali nisu. Svaka praksa takve vrste nije neki novi "dar" od nekih viših bića iz svemira i skrivenih svjetova. Praksa koju uče i usavršavaju kroz moći uma, misli i pozitivnih riječi nije nova "škola znanja".

Za takvu vrstu znanje, Bog je sve rekao u Bibliji, i današnje prakse kao da "kopiraju" sve iz Biblije i usavršavaju ali hvalu ne daju Bogu nego tamo nekim bićima iz svemira. Možda bude rečeno da sam u krivu ali pročitaj prvo ovo i onda usporedi s praksama na kojima uče da postoji moć uma i da čovjek može puno više nego što misli.

"Iz srca izlaze zle misli" (Mt 15,19).

Zle misli ali ne samo zle misli nego i dobre misli i kada usavršiš misli i slike u glavi sve što trebaš je fokusirati se na slike i vjerovati da su ostvarene i tako će biti.

Sve piše u Bibliji i onda se "pojavi filozof" koji ukrade, posudi i prouči Bibliju i još neke duhovne knjige i onda ide da uči ljude o nekoj moći uma, psihe i riječi i sebe predstavlja kao nekog tko je odabran od nekog iz "nevidljivog svijeta" i što se događa tu?

Kreće masa i skupovi očajnih ljudi kojima lako manipulira i prodaje maglu, preko riječi koje je posudio iz "duhovni knjiga" i Biblije i lijepo priča, a ljudima to ugodno slušati i lijepo se osjećaju i vjerojatno će opet se vratiti i širiti lijepe riječi o nekoj praksi koja te uči da postoji moć uma i da možeš život promijeniti ako pozitivno misliš i u umu stvaraš slike onoga što želiš i svako jutro se zahvaljuješ kao da je sve već ostvareno, i bit će ostvareno.

Stvar koja nije i jest.

Takvi ne govore da su ideju moći dobili iz Biblije i duhovni knjiga o Bogu i da im je izvor Isus, oni govore ovako:

Jednog jutra sam se probudio, sobu je obasjala svjetlost, čuo sam jak glas koji mi rekao da sam odabran da ljude poučim tajnom i skrivenom znanju koje mogu dobiti samo oni koji su odabrani od viših svjetlosnih bića, čuvara zemlje i ljudi.

Oni pričaju tako. A tako nije i to nije istina, i kada lažu, nije dobro za dušu.

Možda nemam pravo da "sudim" i govorim da netko laže, ne volim da pričam o drugima što i tko radi i zašto. Izvinjavam se i žao mi je ako sam bilo koga uvrijedio, ne volim da vrijeđam i ne hrani me bol ljudi. Tražim istinu i sve više nailazim na laži.

Ono što pričaju za moć uma.

Ista takva moć je već rečena u Bibliji od strane Boga. Rekao je pazi na misli i riječi i djela. To je isto što oni uče ljude o moći uma:

Kada kažeš hvala iz srca, privlačiš još i bolje.

Kada misliš pozitivno na nešto ono se ostvari kao i negativno ili kletva i urok. Dakle, moć uma.

Misli i tako ćeš jačati vjeru u sebi za to nešto i to nešto će doći, ostvarit će se.

Pazi na riječi, ono što govoriš vratit će se.

Moć o kojoj uče ljude zbog članarine i novca je glupost, svatko ima u sebi moć uma, praksa može biti i u sobi, bez da moraš slijediti nekog vođu, a kada treba slijediti Isusa onda nas noge bole il?

Ne razumijem, koju novu maglu stvaraju kada sve piše u Bibliji.

Zle misli, mogu biti ljudske od samog čovjeka ali više puta čovjek nije svjestan da ima netko oku skriven a mrzi ljubav i kada je čovjek sretan i misli lijepo a to lijepo će čovjeka vratiti Bogu.

Nije dobro posjedovati ljutnju

Uvijek će biti - zašto - zašto Bože ja - zašto ovo ili ono - zašto je tako i zašto nije kako ja želim?

Teško je dati odgovor bilo kome ako traži odgovor netko od nekoga ili "kuka i pun je sažaljenja" priča priče pune "crnih misli" negativnost jučer i danas i "pretpostavljamo" i sutra. Ali gdje - u društvu i publici - i što se dogodilo?

Ništa!

Pričao si priče da "društvo" ima materijala da priča priče.

I još uvijek ono - zašto - koje koristiš više od konzumiranja vode za piće je i dalje u tebi i nastavljaš - zašto i zbog čega?

Pomoći nema ono što tražiš je pomoć i razumijevanje svih prema tebi i to te hrani ali ne popunjava "rupe" prazninu unutar tebe - zašto?

Imaš "sve" ali si - neprestano ljut - prvo na sebe onda na sve oko sebe ali ni sam ne znaš točno zbog čega i zašto?

U sebi misliš da znaš odgovor na pitanje na koje tražiš odgovor ali nijedan do sada nije zaustavio tvoje - zašto - i nije uklonio ljutnju iz tebe i popunio prazninu koju imaš unutar sebe.

Jednom si ljut što "danas" nisi imao vremena da pogledaš film (voliš filmove i trebaš ih) drugi puta si ljut što nisi nekoliko sati slušao muziku koju voliš a treći puta si bijesan i ljut što nisi imao vremena i što sve manje imaš vremena da pišeš neke svoje (knjige, romane, pjesme, poeziju ili možda da nešto crtaš) sve što voliš i želiš kao da jedva to možeš i stižeš a sve ostalo moraš i treba da možeš i da stigneš - zašto - postavljaš sebi opet pitanje isto?

Moraš da plaćaš troškove i da radiš neki posao u nekoj firmi koji oduzima tvoje vrijeme koje želiš trošiti na svoj neki "hobi" moraš brinuti o obitelji oni te trebaju ali oni neće završiti tvoj neki projekt koji je nastao iz "hobija" i kako ćeš dalje i opet se pitaš - zašto više ne može kako je prije moglo?

Kao da se cijeli svijet srušio - ali i sam znaš da nije - kada napokon uhvatiš vremena i "danas" ćeš da pišeš ili crtaš i dijete je uronilo u san - obavio si na toaletu nuždu - napravio kavu - namjestio se na krevetu i da kreneš da pišeš - dijete otvara oči i kreće plač i naravno neće više da spava cijeli dan do neka doba noći i iscrpljen si i nije ti više "volja i inspiracija tako čvrsta".

Optužuješ Boga u kojega vjeruješ i pitaš ga - Bože zašto - imam dar da pišem i volim da stvaram priče - u utrobi majke si me ti oblikovao - zašto dopuštaš da mi nešto drugo vrijeme "guta" i da ne mogu da radim ono što volim?

Možda se može još "nekoliko metara teksta napisati" ali mislim da nije potrebno (imamo dovoljno da se može shvatiti glavnica).

Svatko je u svojoj koži i nitko ne može da u potpunosti "shvati i razumije" onoga drugog od njega samog. Svatko zna svoje kroz što prolazi i kako se osjeća tijekom života. Stvar jest žalosna - Bog može da bude kriv ali kod Boga sve ima svoje razloge - kao osoba tvrdiš da vjeruješ u Boga i Bog ti je dao dar kojeg ne možeš da koristiš najbolje iz razloga što nemaš dovoljno vrijeme za sve.

Prvo moramo prestati da lažemo.

Uvijek postoji vrijeme za sve samo trebaš napraviti organizaciju i uključiti volju.

Drugo - tko je tvoj neprijatelj - dali poznaješ svojeg neprijatelja - upoznaj svog neprijatelja. Svatko ima svoj križ. Sotoni nije stalo da budeš sretan on se bori svim silama protiv tebe. Što je tvoj prioritet - želio si dijete a sada ti je prepreka da pišeš - to nije istina - Isus je rekao: što god ovim malenim učinite, meni to činite. Razumiješ da pisanje nije broj jedan - dijete jest - ono te približava Bogu - Sotona to zna i zato te ubija u psihu da mrziš da se udaljiš od Boga i ne budeš dobar primjer djetetu a nećeš ni dobre priče moć da pišeš. Sve je povezano i uvijek izađe na površinu borba između "dobra i zla".

Ne mogu ti previše pomoći ali ti mogu reći kada pišeš prvo u umu to radiš ako si dobar i inspiracija je jaka onda možeš biti bilo gdje i raditi bilo što, kada uhvatiš malo vremena iz sebe to izbaciš i ideš dalje. Ne moraš da pišeš svaki dan, piši kada možeš i tvoj projekt će biti gotov. Voli i čuvaj svoju obitelj i Bog će te blagosloviti i tvoj rad.

Bog te jest oblikovao i dar koji imaš je od Boga. Ali znaj da možeš uvijek to koristiti i to ne mora da bude, sad.

Neka te ne plaši vrijeme, sjeti se - Bogu ništa nije nemoguće.

Situacija kroz koju prolaziš - najbolje od svih ti znaš kako ti je u vlastitoj koži.

Postoje "zli duhovi" Sotona i svaki puta kada si bijesan i ljut oni mogu da te iskoriste protiv tebe i da uz ljutnju izgovoriš mnoštvo riječi koje te mogu još dodatno uništavati - privući ćeš kletvu i prokletstvo na sebe.

Prepreke koje trenutno te sputavaju mogu da idu tebi u korist jer sve može da bude i od Boga kušnja.

Tražiš mir a nalaziš bijes i ljutnju - ako vjeruješ u Boga - onda treba da znaš da prazninu ne može popuniti ništa i nitko - jedini pravi mir koji te može ispuniti jest Isus.

Iz Biblije:

“Mir vam ostavljam, mir vam svoj dajem. Dajem vam ga, ali ne kao što svijet daje. Neka se ne uznemiruje vaše srce i neka se ne straši.” (Ivan 14, 27).

Nema osobe bez križa

Kad odbaciš jedno - stigne te nešto drugo - kada odbaciš to drugo - stigne te nešto treće - to je sva istina - nema života na zemlji bez križa.

Tko god da priča "kontra" laže i priča kako mu odgovara.

Kad se spomene križ - odmah se fokusiraju na Isusa i to je dobro i treba tako da bude - da misli ne prestalo misle na Isusa Krista spasitelja svih ljudi koji je platio za sve nas svojom smrću na križu.

Prije nego je Isus rođen, živio i umro na križu i prije nego je kroz svijet buknulo spasenje u Isusu - postojao je križ - smrt Isusa na križu nije izmislila križ - smrt na križu je bila i prije Isusa i naravno Isus je mogao biti pogubljen na bilo koji način ali je odabrao da umre na križu.

Riječ križ, težina i gorčina (sramota) patnja i teška smrt u umiranju na križu.

Nema osobe da živi bez nekog oblika "križa" ali neki znaju svoj križ da nose dok drugi proklinju i svojom Bogohulnošću na težinu dodavahu još težine (grijeh po grijeh) isto je kao gram po gram ili "cigla po cigla".

Kada se sjedinimo s Isusom svaka patnja i gorčina i težina križa koja su bila bez smisla ali s Isusom dobivaju svjetlost smisla i više čovjek ne osjeća težinu bez smisla kroz ispraznost koju je osjećao unutar sebe.

Sve tajne koje tražiš možda se kriju u križu.

Grijeh je poput prljavih pločica

Ovoga trena zamisli kuhinju i kuhinjske podne pločice (bijele boje) brzo se kuhinja uprlja i svaki dan treba čistiti a nekad i više puta.

Sada zamisli sebe - čistiš kuhinju i podne pločice i one su čiste ali tvoje bose noge nisu čiste i poslije čišćenja si hodao kroz kuhinju i što se dogodilo?

Kuhinja je ponovno prljava od tragova tvojih prljavih nogu.

Odlaziš i uzimaš "krpu ili džoger" ponovno čistiš podne pločice i odmah odlaziš da pereš noge i sada je sve čisto ali ne hodaš kroz kuhinju odlučio si u sobi sjediti i čekati da se pločice prosuše, sada odlaziš čist u kuhinju i sve je suho i čisto.

Isto je s grijehom nikad se nećemo osloboditi grijeh ako svakodnevno ponavljamo grijeh ili činimo neki novi. Nećemo biti čisti samo donošenjem odluke da ćemo živjeti bez grijeha, stari grijeh je i dalje u nama i ima moć da bude prepreka, da nas izjeda i kvari kao pokvarena "hrana" ili da se aktivira i ponovno privuče grijeh i tebe stavi u okove grijeha.

Potrebno je surađivati s Isusom da nas Isus oslobodi i svojom krvlju kojom je platio za sve nas očisti od grijeha da budemo čisti i slobodni. To možemo učiniti tako da molimo za promjenu u Isusu - nanovo rođeni.

Možda ova priča

i ne bude uklopljena u "tekst iznad" možda bude bez smisla i logike, al' nema veze, odlučio sam ovu priču da podijelim sa svima vama. Jedino što moram da reknem - pokušat ću priču da ispričam da bude jasna i razumljiva - naravno - original i prepričavanje nisu nikad isti - dozvolite - pružite mi šansu da probam.

Muzika - mnogi su čuli da muzika može da utječe na čovjeka i podsvijest - i može. Mnogi tekstovi koje slušaš i pjevaš imaju "skrivene poruke" ili slave Sotonu.

Mladost - ludost - kažu. Tako od mnogi "mladića" krenuo je i jedan (podaci o osobi nisu potrebni). Slušao je muziku koja slavi Sotonizam i Sotonu. Odrastao je u obitelji kršćana koji redovno idu u Crkvu. Ali pazite sada - ovo - psiha kada udari onda udari - na poslušnost prema roditeljima on je redovno odlazio u Crkvu (više puta nije želio da bude unutar Crkve nego je skitao okolo dok ne dođe vrijeme kada svi idu kući onda ide i on i tada laže roditelje da je bio u Crkvi) laž je povezana sa Sotonom - otac laži.

On je želio - ovo je živa istina koju su rekle njegove usne i jezik - želio je da postane opsjednut Sotonom ili nekim od zli duhova. Možda previše filmova za nekog "srednjoškolca" dane je provodio u mračnoj sobi i slušao je glasno muziku koja slavi Sotonu i gledao mnogo filmova "horor žanra". Pričao je nepovezano i govorio o želji da želi da bude opsjednut. Prije nego je učinio korak u "mračni svijet" bio je normalan običan mladić. Muzika je otvorila vrata prema "lakim opijatima" koje je počeo svakodnevno da koristi.

Jednog dana nije znao da ga netko promatra u Crkvi. Ponašao se kao "opsjednuta osoba zlim duhom" bio je jako nervozan, živčan i jedva je izdržavao u Crkvi.

Da stvar bude "komična" on je glumio da je opsjednut i kako ne voli Crkvu i da bude u Crkvi - glumio je nervoznu osobu da bude kao unutar njega neki "zli duh" koji ne može biti u prisutnosti Isusa, mise i

Crkve. Psiha i igra - privlačenje pozornosti koja poslije može da puno košta - tako preko igre doista čovjek dozvoli zlu da preuzme njegov život i tijelo - sve kreće od ranog djetinjstva - bez dobre roditeljske kontrole djeca ne znaju što čine.

Razočaranje u sebe

Nema Boga - nisi "lud" vjerovati u nešto što ne vidiš - reče netko. Bog može da bude "bajka" zbog manipuliranja ljudima i držanje ljudi u "okovima" da svi budu fine poslušne ovce, vidiš li koliko ima religija i vjera i svi imaju svojeg Boga?

Religije su "zatvor uma i slobode" svatko može da piše knjige i ljude uvjeri da je od Boga svako slovo. Razumiješ - Boga su ljudi izmislili - pogledaj sve te vjerske vođe dok pričaju o Bogu istodobno punu svoj džep a sljedbenici "gladni i žedni" dok oni imaju sve "mi" umiremo od gladi - gdje je Bog?

Vidiš li "krvoprolića u svijetu" u ime Boga - kojeg Boga - zašto ne zaustavi patnju u svijetu?

Kažem ti - Boga nema - ničeg nema - ovaj život je početak i kraj - sve što čuješ i vidiš je ljudsko oružje za manipuliranje ljudima zbog moći i novca i upravljanje ovim svijetom na način kako vrh želi - razumiješ?

Dok te drže mirnim zbog pravila i Božjih Zapovijedi i Božjih riječi da život ti prođe u treptaju oka u mirnom položaju i poslušnosti poput ovce - dok oni koji pričaju o Bogu i punu svoj džep rade što žele i sami ne slijede priče koje tebi pričaju kako da živiš i što je dobro a što zlo - da živiš tamo negdje kada premineš moraš biti mirna ovca na ovoj zemlji inače nećeš živjeti kada premineš a da živiš kao duh moraš već za života biti miran ili živ u grobu i pustit da ti um zarobi svaka riječ od Boga - koju će ti vješto ugrađivati od malih nogu. Ne postavljaj pitanja - ovaj svijet je zlo - princ tame upravlja - budi poslušan i živjet ćeš - ne trči za materijalnim dobrim i novac je zlo - svaki užitak je grijeh - Bog sve promatra i kažnjava sve i svakoga - dok ti punu um - oni uživaju sve to što govore da je grijeh a novac je zlo a sami žele od tebe novac za njihove potrebe - vidiš da Boga nema?

Može se "grubo i bezobrazno" pisati na metre teksta - ali nema potrebe - ne želim nikoga da uvrijedim - ali istina je istina.

Čovjek se brzo razočara - na mnoge načine i zbog mnogo razloga - do razočaranja uvijek čovjek dovede sam sebe na način:

Postoje snovi i čovjek cijeli život sniva snove - neki se ostvare a većina ostanu samo snovi - čovjek želi da posjeduje dvorac i vitezove a jedva za života sagradi neki dom "kuću" za sebe i "obitelj" i sam sebe razočara - i govori da nema Boga.

Čovjek ima želju da kupi najskuplji auto - a jedva kupi "bicikle" i opet govori nema Boga.

Čovjek koji je sada odrasla osoba - nije volio školu i da uči - i govori kako netko pune svoj džep preko priči o Bogu - a takva osoba je pohađala školu i svoj mozak okrenula naopačke da postane to što jest - i onda kažu za takve da lažu u ime Boga zbog novca - to je njihova sposobnost - ali to ne znači da Boga nema - oni punu džep na takav način - ti da poznaješ Boga onda bi znao da oni lažu zbog novca ili govore istinu - da poznaješ Boga - znao bi dali slijediti priče takvi vođa?

Bog je rekao da čuvamo i poštujemo svoje tijelo - ljudi se truju i ubacuju u tijelo razni "otrov" tijelo je od Boga za dušu i da postane hram za duha kojeg nam Bog želi darovati da prebiva u nama ali duh neće biti tamo gdje je prljavo "grešno" i onda kažu nema Boga.

Bog je mnogo toga rekao - koliko si poslušan da upoznaš Boga ili pričaš neka se priča - da nema Boga - koliko poštuješ Božje Zapovijedi - da možeš osjetiti dali Boga ima ili nema?

Bog nije kriv što čovjek ima želje koje ne mogu biti ostvarene - postoji moć vjere - preko koje možemo mnogo toga ali mnogi nemaju ni toliko malo vjere da mogu i ono malo da ostvaruju - moć vjere je isto što i moć uma i misli pomoću kojih možeš skoro "sve" i kada čovjek ne ostvaruje svoje ljudske planove - uvijek je Bog kriv i Boga nema - ali Boga ima - i bez obzira na to što se u svijetu dešava Bog postoji a mi se borimo protiv neprijatelja kojeg ne vidiš golim okom.

Znakovi i crtani filmovi

Ovaj tekst koji ćeš sada da pročitaš ako ga pročitaš jer uvijek možeš samo prelistati i napustiti tekst ali ako odlučiš pročitati onda moraš zamisliti ovaj tekst kao neku priču i trač uz šalicu kave ili čaja.

Nisam puno obraćao pozornost "možda i jesam" ali nisam želio inspiraciju da uradim neki tekst i priču i uvijek sam zanemarivao takve dijelove "nije me briga".

Da budem malo više iskren - jedno vrijeme sam volio da tražim oko "tajnog društva" želio sam da znam više - ali ne i da pišem na temu oko tajnog društva.

Prodrmalo me nešto!

Ovo svi zanemaruju i ne žele u životu neki dodatni stres. Svi znamo što su "crtani filmovi i crtaći" odrasli smo prikovani uz televizore - ništa previše loše jedino što je loše da može u čovjeku stvoriti ovisnost i da ubijaju nešto unutar čovjeka - ako osoba želi da postane dobar pisac onda treba da izbjegava televizor i da traži mir i tišinu.

Ali sada nije riječ o pisanju i mir i tišini nego o znakovima - čuli ste za subliminalne poruke - skrivene unutar filmova, muzike i crtani filmova i može se reći svega ostalog.

Subliminalne poruke nisu laži i teorije zavjera i one su:

signali ili poruke umetnute u objekt kojeg normalne granice uočavanja ne mogu uočiti i prepoznati. Efekt moći u skrivenim porukama je djelotvoran i nisu laži a radi se o manipuliranju ili programiranju psihe.

Možda to sve može da zvuči kao šala ali nije šala i riječ je o programiranju nekoga zbog nečega.

Preko subliminalnih poruka koje utječu na podsvijest moguće je bilo što - čovjek posjeduje psihu i moguće je utjecati na psihu i emocije ili čovjeka promijeniti a da osoba to i ne zna što joj se događa.

Sada zamisli što se događa ako je u igri programiranje od samog rođenja preko:

filmova, muzike, crtaća, hrane i okoline.

Primijetio sam da mlađi uzrast voli da gleda crtaće sadržaja u kojem su:

mračne sile, Anđeli, pucnjava, demoni, Vampiri.

Crtaći za djecu sve su više puni erotike i likova koji izgledaju previše otkrivenog tijela a djeca to gledaju - automatski program - da djeca krenu željeti da se oblače kao likovi iz crtani filma - razumijete!

Znakovi u crtani filmu nisu previše skriveni sada ih postavljaju da se uoče i primijete možda to rade u "inat" ili govore da oni uzimaju moć i da vladaju - vrijeme će pokazati - sve ide u smjeru erotike i novca i zlih sila - djeca više ne osjećaju da su djeca i previše brzo sazrijevaju - nekome to odgovara. Možda je danas punoljetnost i zrelost - starost - vjerojatno u budućnosti to bude promijenjeno da punoljetnost bude snižena par godina dolje.

Znakovi koje možete brzo primijetiti u reklamama i crtaćima za djecu su:

xxx, spirala, oko, trokut, demoni, sotona, rogovi, broj 666 i 11.

Sve je program i treba biti oprezan možda živimo u matrixu a možda sami stvaramo matrix da živimo u matrix ali jedno je sigurno a to jedno je vezano za program psihe i netko ume da utječe na ljude od malih nogu i mi svi učimo jedni od drugih a to znači da se može utjecati na ljude preko slika i zvuka a gdje su slike nego na ekranu i ništa lakše nego udarati na ljude još od malih nogu a to znači da mogu u čovjeku otvoriti nešto za nekog a taj netko sigurno nije Bog i Isus nego mračna sila koja želi boraviti u čovjeku a čovjek nije ništa drugo nego duša u čahuri a to znači da u ovu čahuru u kojoj jesmo - može ući bilo tko.

Lijek protiv svakog straha

Prije nego reknem što je lijek protiv svake vrste i oblika straha, trebamo prvo ući u žarište što je to strah?

Strah je intenzivan i neugodan negativni osjećaj koji čovjek doživljava kad vidi ili očekuje opasnost, bila ona realna ili nerealna.

Strah je u srodstvu s lijenosti a lijenost je na sedmom mjestu kod "sedam glavni grijeha" i za lijenost je odgovoran - zli duh - duh lijenosti.

Živjeti bez straha je iznad svakog "ludila i bila bi to glupost iznad svake gluposti". Ako nemamo tu dozu straha u sebi - znači - odlučiš skočiti sa zgrade i učinit ćeš to - nema straha - jači si od "kamiona" staneš nasred ceste i pokušavaš zaustaviti vozilo koje punom brzinom juri na cesti - glupost!

Bog je rekao: čuvaj se i čuvat ću te!

Mislim da nema potrebe za dubinskom filozofijom. Strah je vezan za hranu koju konzumiraju "demoni" oni se hranu strahom koji proizvodi određenu energiju do koje oni dolaze kada je čovjek pod stresom, negativnošću i strahom.

Strah je prepreka u svemu za sve i sve kreće od toga ako imaš strah teško ćeš naprijed. Ali postoji strah koji se u pravi trenutak pojavi i bude od koristi. Čovjek ima pamet i mudrost i moć logičkog razlučivanja koristeći smisao i ono što ima smisla možda nema logike ili ima logike ali nema smisla - strah je vrsta oružja.

U vrijeme kada su živjeli Adam i Eva - greška koju je Eva učinila kada se upustila u razgovor sa Sotonom jest ta što je uopće progovorila sa Sotonom ali oni nisu znali tko je Sotona?

Mi danas znamo tko je Sotona i opet dozvolimo sebi da surađujemo sa zlom i slijedimo zlo. Greška još jedna i ta je najglavnija kako u vrijeme Eve tako i dan danas sve "tajne" kriju se u ovome jednom i to jedno Adam i Eva su zanemarili kao i mnogi dan danas.

Eva je izgubila poslušnost prema Bogu kada je Sotoni dozvolila da ju obmane i Eva je stekla povjerenje u Sotonu i tako izgubila strah koji je bio potreban da ne - surađuje sa: strancem i izgubila je ono najvažnije a to jest:

Strah prema Bogu.

Iz Biblije:

Strah je Gospodnji početak spoznaje, ali ludi preziru mudrost i pouku. (Izreke 1, 7).

Lijek protiv svakog straha se krije u strahu prema Bogu - početak pobjede svakog straha je strah prema Bogu - svaki strah i zlo pobjeđuje ljubav. Nema mudrosti tamo gdje nema straha prema Bogu.

Postoji mnogo svjedočenja pred našim očima - jedno od boljih se krije u početku - sjeti se Adam i Eva - imali su zapovijed - izgubili strah prema Bogu - Eva dala povjerenje Sotoni - završili su izgonom iz raja.

Isus je živ

Raste "broj" svjedočenja o viđenju Isusa u snu, viziji ili osobe koje završe u komi i kliničkoj smrti. Ako je Isus izmišljena osoba za manipuliranje ljudima - kako mogu svjedočiti djeca koja nikad nisu čula za Isusa ili vidjeli lik Isusa i svjedoče o viđenju raja i Isusa?

Djeca koja su iz obitelji koja ne pričaju o Isusu - svjedoče da su vidjeli Isusa kada su bili u kliničkoj smrti i vraćeni su u život da svjedoče da smrt nije kraj - da Isus postoji i da je živ.

Ako je sve izmišljeno - kako svi mogu da svjedoče o raju i Isusu i da ista viđenja imaju - kako?

Isus nije bajka - a također mnoge bajke su inspirirane nekim stvarnim događajem - zašto bi Isus bio izmišljen - Isus nije izmišljen i živ je.

Mi moramo biti svjesni da smo ograničeni i da vrijeme brzo prolazi - život je kratak ali je dovoljno vremena od rođenja do smrti da čovjek bude izmiren s Bogom i da prihvati Isusa kao jedinog posrednika kod Boga i spasitelja svih ljudi.

Dali je doista teško

Dali je doista život težak zbog života ili čovjek sam sebi učini da bude teško i onaj lakši život od sebe odbaci i prihvati da tone.

Koliko puta si danas iz srca zahvalio Bogu?

Koliko puta si danas psovao Boga?

Vjeruješ li u Boga srcem, umom i dušom?

Kako možeš nešto psovati i vrijeđati ako tvrdiš da Bog ne postoji zašto psuješ Boga - dali se pitaš zašto ti je "slatko" psovati Boga za kojeg tvrdiš da ne postoji - zašto ne psuješ "kamen" koji postoji i kojeg vidiš okom?

Težak život - stvarno je toliko težak da smo poput noja zabili glavu u zemlju i prepustili gologuzo dupe na milost vjetru.

Teško je - sve želja prati želju - snovi izlaze na obadva uha - vizije su toliko pune šarenih boja - da iz oka krene suza niz obraz kada sunčeve zrake obasjaju sobu a pijetao zapjeva u čast zori i dadne znak da je vrijeme da se probudimo.

Dali smo doista budni kada smo budni ili smo budni kada spavamo i zar vjeruješ da sada nisi u snu i da pernati pijetao može da te probudi?

Teško je

običnom smrtniku razumjeti sve da se može reći ni blizu pola mi ljudi ne razumijemo. Netko će sigurno imati odgovor koji će da glasi:

Mi ne trebamo ništa razumjeti - što se ima razumjeti ili shvatiti i gubiti vrijeme za neko znanje, mi ništa nećemo promijeniti - rođeni smo ovdje - gdje već jesmo - na zemlji - naše je da:

spavamo, hranimo se, radimo, razmnožavamo se i na kraju umremo kao i svi prije nas i poslije nas.

Mislim da takav odgovor i objašnjenje meni lično nije dovoljno i ne ispunjava me ili zadovoljava - osjećam potrebu za još i mislim da ima mnogo više ali takvi ljudi s takvim brzopletim objašnjenjem ima mnogo. Nismo svi isti i nemamo svi istu putanju života i to vrlo dobro razumijem.

Istina nije bila i nije ni sada a neće biti ni poslije da čovjek nema što razumjeti ili gubiti vrijeme na traženje neke tajne skrivene - ništa nije skriveno i sve se zna - naše je samo da živimo - dali je doista tako?

Da treba samo da živimo i sve je ispraznost?

Malo tko

da "sebi" nije postavio pitanje - što se ovo u svijetu događa, imali kraja u kojem smjeru ide ovaj svijet?

Lako je reći - ne paničari - strah i brige nisu od Boga.

Kraj ne postoji to je nešto što se može reći i potvrditi iz Biblije:

Marta reče Isusu: "Gospodine, da si bio ovdje, brat moj ne bi umro. Ali i sada znam: što god zaišteš od Boga, dat će ti." Kaza joj Isus: "Uskrsnut će tvoj brat!" A Marta mu odgovori: "Znam da će uskrsnuti o uskrsnuću, u posljednji dan."

Reče joj Isus: "Ja sam uskrsnuće i život: tko u mene vjeruje, ako i umre, živjet će. I tko god živi i vjeruje u mene, neće umrijeti nikada. Vjeruješ li ovo?" Odgovori mu: "Da, Gospodine! Ja vjerujem da si ti Krist, Sin Božji, Onaj koji dolazi na svijet!"

(Iv 11,19-27).

Isus je život i nema kraja - u raju vječno - na zemlji poslije ponovnog dolaska Isusa ili u paklu - tko god je rođen - više ne umire. Bez obzira na "filozofiju" da smo prije rođenja na zemlji već živjeli negdje i ponovno rođeni na zemlji - to sve znači samo jedno: nikad ne umiremo.

Da se vratimo na početak - imali kraja - pretpostavljam da si mislio na kraj ovoga svijeta ili možda (patnje i suze) daleko smo još od pravoga kraja - kada Isus ponovno dođe tada je kraj - nitko ne zna točno kad' jedino Bog.

Ono što ljude "fascinira" bilo to pojedince ili grupe jest to:

da pred očima vide "brzinu" života koji prolazi u treptaju oka - svijet se mijenja iz sekunde u sekundu i svijet u kojem žive više nije onaj od prije. Ovaj svijet sve više "uspoređuju" s filmovima (horor, zombiji, virusi) one slike koje "skakuću" na ekranu sada viđaju u svijetu u kojem se kreću - možda najbolju sliku daje - tema filmova fantazije kao što je film: Peti Element

Može se pričati bez prestanka ali što poslije - dok slušaš priče o svemu tome - proročanstva i dolazak Isusa ili priče da Bog postoji - nekako ti ugodno i lijepo slušati a što poslije?

Dok čitaš Bibliju miran si i osjećaš mir u sebi ili da kroz tijelo ti prolaze nekakvi "trnci" nešto osjećaš ali nemaš riječi da opišeš - ne trebaju riječi - ja te razumijem!

Ali što poslije svega toga - opet se vraćaš na isto i ostaješ ista osoba ona koja nije ugodna Bogu - psovač i osoba koja priča ali djela su šuplja rupa.

Bogu ne trebaju osobe koje pričaju priče - Bog treba ratnike - borce - osobe koje doista vjeruju u Boga - osobe koje vjeruju bilo u grupu ili samoći oni vjeruju i uvijek su spremni za Boga - a ne osobe koje vjeruju u Boga zbog drugih da pričaju priče drugima da ih ostave fasciniranim i da netko slijedi nekoga a ti koji pričaju ni sami ne slijede Boga.

Enok nije bio kod Boga

Jedna od knjiga koja nije uvrštena u knjige Biblije jest knjiga proroka Henoka. Ono što se zna jest da nije osjetio fizičku smrt nego je poput proroka Ilije uzet u tijelu na "nebo".

Prorok Enok je bio sin Kajina koji je ubio brata Abela i baka i djed Henoku su bili prvi ljudi Adam i Eva i praunuk Noa kojeg je Bog spasio od velikog potopa.

Enok je još poznat kao čovjek koji je vjerno hodao sa Bogom. Enok je na zemlji živio 365 godina.

Još jedna stvar koja čini da Enok ide prema listi popularnosti jest to što je prorok koji je vjerno hodio s Bogom, uzet na nebo u tijelu, tekstovi proroka Henoka nisu u Bibliji i posljednje to što se priča o Henoku na ovaj način: Zabranjena knjiga proroka Henoka!

Pazi na riječ: zabranjeno - magnet za ljude.

Ovo i nije važno ali se mora spomenuti:

Enokijanska magija.

Za tu vrstu magije kažu da je od Henoka - anđela - čije ime bi se moglo prevesti kao: onaj koji je hodao s Bogom.

Dakle Enok je odjednom anđeo - zar nije hodao doista s Bogom ili nije ili jest a ne - iz imena se izvlači neki prijevod - Enok - onaj koji je hodao sa Bogom.

Enokijansku magiju je utemeljio poznati engleski matematičar i astrolog dr. John Dee u 16.st. (1527-1608). Nakon što je imao posjetu viših inteligencijskih bića (vanzemaljaca).

Sada da pokušamo nešto razjasniti.

Enok odjednom postaje anđeo Enok - čije ime znači - onaj koji je hodao s Bogom. Ali on ako je bio tako vjeran, nema potrebe za imenom i značenjem ili je bio vjeran ili nije? Ja nisam živio u to vrijeme da znam što je Enok radio i kako je živio i kakvu vjeru je imao.

Knjiga ili tekstovi proroka Henoka nisu u Bibliji i to diže prašinu da Enok Misteriozno i šokantno postaje sve popularniji - ali - ne zbog knjige i Biblije - nego zbog vanzemaljaca.

I priči da se Enok bavio s magijom i da je komunicirao s duhovima i višim inteligentnim bićima. Mnogi misle da će pronaći neku istinu u tekstovima proroka Henoka i možda tako stupiti u kontakt s bićima i postati moćan - ali nema toga i ništa se neće pronaći.

Bog je volio Henoka i zato je Henoka uzeo sebi u tijelu. Zar od toliko ljudi na zemlji imamo samo dvije osobe koje je Bog volio prorok Enok i prorok Ilija? Ja ne vjerujem da je to moguće da postoje samo dvije osobe u tijelu koje je Bog uzeo sebi - ali kakvu ulogu igra bio u tijelu ili kao duh, kad si kod Boga sve se odvija drugačije nego na zemlji - ali dobro!

Da skratimo muke ovoga teksta - previše priči oko Henoka - i nekih tekstova koje prepisuju proroku Henoku a onda takve tekstove pretvore u knjigu koja ide na prodaju i mislim da ulogu igra prodaja knjige a ne da ljudi nešto nauče - ali dobro - i mislim da nikog to nije briga.

Enok ide u nebo - u tijelu - prolazi kroz deset etaža neba - ali pazi to - deset - kao Deset Božjih Zapovijedi - zar to nije malo interesantno - šokantno?

Mislim da jest!

Bog otkriva Henoku sve kao da nije poslije na zemlji još ljudi vjernih bilo pa im Bog ništa nije otkrio a Henoku sinu Kajina Bog odlučio sve da otkrije i to nebo tako veliko da ima samo deset etaža a na broju deset se nalazi Bog kojeg Enok gleda oči u oči - zar Bog nije prisutan svuda? Zašto Bog mora da bude na etaži deset - kada čitaš opis toga što je Enok prošao - kao da čitaš opis kada se Bruce Lee kretao prema velikom gazdi (Big Boss).

Ono što mislim - Enok nije koristio nikakve "halucinogene supstance" drugo - kako je moguće da se pronađu tekstovi Henoka poslije potopa? Kako je Enok mogao bilo što da piše ako je uzet u tijelu na nebo i više nikad nije bio viđen? Zašto nije bio viđen?

Zato što nije vraćen na zemlju i zato što je ubijen - dobro si pročitao - prorok Enok je ubijen na desetoj etaži kod Boga - kako i zašto?

Kad je Enok stigao na etažu gdje se nalazio Bog on nije mogao da gleda u Boga zbog svjetlosti - tada Bog zapovjedi anđelu da Henoka oslobodi od ljudskog tijela - bolje rečeno da dušu (duh) odvoji od tijela a svi znamo da se tijela možemo riješiti jedino smrću.

Zašto bi Bog rekao anđelu da to učini zar Bog to ne može da učini na bolji način?

Zašto je uzeo Henoka u tijelu sa zemlje kada je Enok opet umro (ubijen) na etaži broj deset, zar nije mogao Henoka pustiti da umre na zemlji i onda uzet njegovu dušu i pustiti ga u raj?

Nije mogao!

Zato što Enok nije nikad bio kod Boga. Znamo da se pali anđeli mogu pretvarati u anđela svjetla - znamo da je sve igra - obmane i laži - između borbe dobra i zla.

S velikim pitanjem - dali ljudi ili "demoni" skrivaju put prema Bogu?

Živimo u

svijetu "zloga" princa tame, palog anđela i oca laži. Ako ne vidiš "golim okom" to ne znači da tamo gdje ti je pogled uperen ovoga trena nitko ne hoda ili stoji i tebe promatra - ako ti ne vidiš to ne znači da ne vide tebe.

Znam da ljude plaši misao da ima još nekih stvorenja koja se kreću okolo na zemlji, Vazduhu ili svemiru ali što ako je istina da nismo sami - ne mora da sve ide prema značenju postojanja vanzemaljaca - možda postoji mnogo više od vanzemaljaca ali ni jedno postojanje ne uklanja postojanje Boga - Bog je umjetnik i to ne zaboravi.

Možda ovoga trena dok ovo čitaš nisi sam i ne čitaš sam - možda još netko stoji ili leži pored tebe i čita ovo što čitaš i ti ali ne vidiš to nešto - možda možeš osjetiti to nešto kada kroz tijelo ti prođu trnci i hladnoća možda tako ti daje do znanja da nisi sam ovoga trena - što ako ta prisutnost nečega nije nešto "treće" nego si to ti iz neke druge dimenzije - promatraš sam sebe i pokušavaš sam sebi dati do znanja da želiš pomoći samom sebi ali ne znaš kako i kojim znakom sam sebi dat do znanja da nisi sam - da si došao pomoći samom sebi.

Ovaj svijet je poput "čarolije" možda smo ograničeni ali u ovom svijetu sve više nemoguće postaje moguće. Možda princ tame daje sve od sebe da omogući čovjeku što više moći i magije da stvori ovaj svijet pun čarolije i da čovjeku ne bude "monotonija" za života ili daje sve samo da čovjek ne slijedi Boga nego princa tame.

Jedno je sigurno - život nije slučajan - Bog ili netko upravlja svime - nismo rođeni sami od sebe - netko nas je stvorio - živimo u čahuri koju zovemo tijelo - što znači da je netko ubacio nešto (dušu) u tijelo koje je čahura - bez čahure i tijela mi bi bili poput duha od energije a duh ne može da radi poslove koje čovjek može - što znači na broju jedan - netko treba radnike - netko je napravio zemlju i shvatio da duh ne može što tijelo može i napravio je tijelo i duh ubacio u tijelo koje je čahura kao "barut kojeg čuva zrno metka" ali zbog čega i zašto?

Zašto Bog treba radnike na zemlji ako je čovjek mnogo bitan - onda zemlja nije toliko bitna ili je zemlja bitna a čovjeku plasirana slika kako je čovjek jako bitno stvorenje ili ono što je u čovjeku?

Sve u svemu netko nas je stvorio - taj netko je Bog - treba nas i trebamo Boga - ovaj svijet nije od princa tame nego je princ tame ovdje i želi da posjeduje ovaj svijet kojeg pretvara u mračno carstvo i to ne svojom moći nego što ljudi služe pogrešnog cara a nije svatko za cara i vladara - recimo ako osoba voli nogomet takva osoba nije sposobna za košarku - tako isto i princ tame koji voli tamu ne može učiniti ovaj svijet rajem svjetlosti kada on nije za takvo što.

Što želi princ tame

Bog do Boga - duh do duha - prosvijetljeni do prosvijetljenih - mudrac do mudraca - spas do spasa i poslije svake "bajke" koju ispričaju svi do jednog obavljaju i veliku i malu nuždu - razlika je jedina što jedni operu ruke i drže do higijene a drugi vješto zanemaruju takve prakse kao da će njihov smrad vjetar zaobići.

Od žurbe koju ti svijet nameće i život kojeg živiš u brzom koraku misleći da ćeš biti brži od stresa koji se nalazi u Vazduhu i traži nove žrtve kao "ričući lav" koga da proždere i tako krene proizvoditi novi "stres i strah" kao hranu za "demone" koji nude ono što nije njihovo i daju lažnu moć onima koji zauzvrat donose "plodove straha" kroz zemlje svijeta koji nije od onih koji misle da jest - oni žele da ukradu i stvore svijet "tame" da onaj koji donosi vječno svjetlo nikada ne dođe iz razloga kada pogleda da sam rekne ovaj svijet me mrzi i ne prihvaća i ne poznaje i ne želi mene kao gospodara i spasitelja ovaj svijet prihvaća tamu i princa tame - ostavljam ovaj svijet na milost i nemilost "princu tame" stvorit ću novi svijet nove ljude - to je ta borba kojoj princ teži da Bog ostavi na miru ovaj svijet, da ga ne uništi nego sve ostavi princu tame - ali Božja riječ je zakon i što Bog rekne to bude tako i Bog je rekao da će sin vječnosti doći ponovno i da će princ tame zauvijek biti uništen u posljednjoj borbi i to će biti tako - sin će doći!

Ovaj svijet ne može dati mir kojeg sin besplatno daje svima!

Iz Biblije:

"To vam rekoh da u meni mir imate. U svijetu imate muku, ali hrabri budite – ja sam pobijedio svijet!" (Ivan 16, 33).

Bapske priče ili

Čuli ste za izraz - rekla kazala - i - bapske priče. Sve što nekoga ne "interesira" onda to sve stavlja u kategoriju "bapske priče" i "priče za djecu" kod određenih ljudi, ako nemaju korist onda ne gube vrijeme na nešto ili nekoga s nekim. Takvi ljudi (ne osuđujem ništa) kako kažu: briga me! Ali takvi ljudi ne traže da vjeruju u nešto, nema vjere ako nema koristi to sami kažu, i onda proširuju svoju ideologiju kroz koju kažu - sve su to priče za djecu - dakle - razmišljaju na ovaj način da skratim "muke" bez novca ništa nema. I zašto gubiti vrijeme pokušavajući takve uvjeriti u bilo što kada takve zanima samo novac - i dobro - svatko bira svoj put - ali to ne znači da su sve priče bapske ili bajke za djecu.

Fascinirajuća stvar jest ta - da postoji mnogo čega što čovjek ne može ni zamisliti i vjerojatno je i "bolje" za čovjeka što ne zna sve - koliko ima svemira neistraženog - koliko ima zemlje na zemlji koja još nikad nije istražena na površini a isto tako pod zemljom - svijet je pun tajni. Kada čovjek otkrije neke od njih pojave se nove. Uz mnogo toga postoji istina koja se zove da od pamtivijeka ljudi ne žele točno znanje prenositi na druge, ne žele da svi znaju istinu i vješto pravu istinu kriju od drugih bez obzira što će reći: idi u školu pa ćeš sve znati!

Ako je riječ o Bogu i tu mnogi žele da prekriju istinu. Možda "tajna društva" znaju dosta ali ni oni ne znaju sve. Ono što mnogi misle da kriju kao tajnu - da je Isus imao potomke - i da krvnu lozu od Isusa vješto i dobro čuvaju od javnosti i da zemljom hodaju potomci Isusa - da nema druge tajne da su sve tajne u krvnoj lozi Isusa. Da vidimo - ako je Isus imao potomke onda Isus ne može biti spasitelj - sve je laž - tako oni razmišljaju - dakle - dali ste sigurni da Isus ne može biti spasitelj svih ljudi ako je imao potomke - zašto ne može - zbog toga ako je imao potomke Isus je učinio grijeh i kao grešnik ne može biti otkupitelj grijeha - mislite da je to tako?

Dali ste čuli za izraz: kakav otac, takav i sin?

Dakle, Bog može imati sina i Bog ostaje i dalje Bog ili je Bog prestao biti Bog onog dana kada je začet sin i kada je sin rođen od Boga - dali je Bog prestao biti Bog ili je Bog i dalje Bog? Sve stvoreno je Božje, svi smo od Boga i svi smo u jednu ruku Božja djeca uključujući i Anđele - Bog ima prema tome mnogo djece, dali je onda i Bog grešan Bog što stvara potomke i što je omogućio i stvorio i dao dar da se razmnožavamo i kako to može biti grijeh prema čemu je razmnožavanje grijeh - to je od Boga uz zapovijed množite se i razmnožavajte je Božja zapovijed i to nije grijeh - neposlušnost prema Bogu je veći grijeh.

Ako Bog kao Bog ima sina - zašto onda sin kao čovjek - ne može imati potomke?

Isus je bio čovjek koji je radio sve što rade svi ljudi - spavao, odmarao, uzimao hranu i vodu, prao se, krstio, kao dijete se igrao, plakao, obavljao nuždu, radio kao fizički radnik, i na kraju ono zastrašujuće - možda imao i potomke ili potomka (sina ili kćer). I da bude živa istina da je Isus imao potomke to ništa ne mijenja Isus je rođen s ciljem da umre na križu i plati za grijehe i bude posrednik kod Boga za sve ljude i to se ostvarilo - dakle Bog je sinu dao svu vlast - ako je sin Isus počinio neki grijeh u očima Boga - Bog mu ne bi dao svu vlast - pošto znamo da je Isus život - i da ima potomke Bogu to ne smeta - i tko smo onda mi da nama to smeta - ali ne smeta ni ljudima takvo što - nego ljudi traže iglu u sijenu da ocrne ime Isus - znamo tko se plaši imena Isus.

Da se vratimo na bapske priče - ljudi tvrde ništa nema - priče o paranormalnom rastu - okultizmu - priče o utvarama i razne prikaze - svjedoče o istjerivanju đavla - kako to sve ako ništa ne postoji? Sotona postoji i u budućnosti (želim uraditi knjigu koja će sadržavati razne priče i svjedočenja o đavlu i prikazama, bit će to priče od stvarnih ljudi koji su preživjeli ono što ni filmovi ne prikazuju) želim vam dokazati da postoji ono što govorite sve je to u psihi - dali je?

Iznosim ovdje neke priče - neću spominjati (ime i prezime) usredotočimo se na priču!

Obitelj je dobila dijete - nešto čudno im se dešavalo u životu - obitelj je muslimanske vjere - vjernici su i ljudi koji vjeruju u "kletve i prokletstva". Jedna prijateljica je imala probleme ali nikad nije sve pričala - slične probleme je prepoznala i žena iz obitelji koja ima dijete koje ne priča tek ima dvije ili tri godine - oni dogovore sastanak kod hodže i budu primljeni - ništa novo ili čudno za muslimansku obitelj - i hodža je čovjek i svatko ima pravo da se razgovara. Ispričali su hodži probleme i hodža je shvatio da ulogu igra kletva a možda i Sheitan - on je pred malo dijete bacio svetu knjigu i otvori se - neko poglavlje - dijetu je rekao da pročita naglas (majka dijeta se odmah ubacuje u priču i kaže hodži kako da pročita on još ne zna govoriti a gdje još i čitati) još jednom hodža reče: čitaj dijete!

I dijete koje ne govori krenu na glas od slova do slova da čita iz svete knjige. Hodža uzima predmet "željezo" i još jedan predmet "drveni" ali na drvenom je govorena "molitva" rekao je prijateljici od djetetove majke da skine obuću i čarape i digne pete - hodža je željeznim predmetom bockao pete a žena je krenula od bolova da vrišti - drveni predmet nitko vidio nije na kojem su govorene molitve - tiho je ostavio željezni predmet i krenuo da ju dodiruje polako tek toliko drvenim predmetom - žena je još više krenula vrištati i trest se - urlikati glasom koji nije ljudski ili od obične žene - hodža je rekao da će sad još gore da bude - u njoj je Sheitan ona je vještica - izvršili su istjerivanje đavla i žena je postala normalna i ničega se ne sjeća.

Još jedna kratka priča - govori o "utvarama". Baka je pričala unuku o vjeri i duhovne teme ali je vjerovala u postojanje: Sotone, prikaza, utvara, shaitana, đavla, zle duhove i sve što ide u takve kategorije ali uz sve to je bila i vjernik i vjerovala je u Boga. Uvijek je upozoravala unuka da nikad ne smije ne poštovati mrtve i da ih ne zaziva - pored jednog groblja je bila šuma i kroz šumu kanal kroz kojeg je tekla voda - nasuprot šume je bilo groblje - jednog dana dok su kod bake bili gosti - unuk odluči ići prošetati kroz šumu - stao je pored vode koja teče i bacao kamenčiće u vodu - jednog trena se odluči približiti groblju i krenuo je zvati mrtve duše i govoriti ružne stvari kao:

mrtvi ste, gdje ste da vas sada vidim, i užasno se jako smijao na grobove - tko bi rekao da dijete ima hrabrost i takvo ludilo.

Kada se okrenuo prema kanalu kroz kojeg teče voda i leđima je sada okrenut groblju u pravcu je okrenut da se vrati kući kod bake - istog trena iz vode je izašlo pred njega nešto veliko i prozirno ali kao da je živo - on je krenuo da trči i nije stao do kuće od bake - bio je cijeli prestrašen i drhtao je toliko od straha da mu moglo "srce prestati kucati". Poslije je dijete pričalo baki što je uradio i što je vidio - baka je odmah rekla to je bila utvara - da umiri dijete - na glas je govorila i molila molitve - dijete se smirilo!

Laži ili istina - ne može sve biti laži - ako nešto ima - a ima - onda to znači da nije sve bapske priče za djecu - kada ima dosta toga a ima i previše - nismo sami a to znači da ima života poslije smrti - netko nas promatra i čuje - a onda to znači da ima i Boga - ako postoje utvare i duhovi - onda postoji i gospodar života i smrti - Bog otac i sin Isus.

Bog nikada nije dosadan

Mnogo se priča ali vjerovali ili "pukli u smijeh" da saslušamo i slušamo pažljivo što se sve priča - može netko reći - nije bitno što se priča nego tko priča - bitno je sve - priče koje se pričaju, mogu biti interesantne toga trenutka i neka se vrijeme troši - ali vremena nema puno to znamo - možda nema smisla i logike reći da treba što više misliti na Boga i izluditi od toga ali treba i nikad nije dovoljno. Bog je postao tema od koje se bježi - dobro si pročitao - bježi i izbjegava - sve manje ljudi žele nešto pričati o Bogu i Isusu i dubinski ulaziti u rasprave "nije važno" tko će biti u pravu - bitno se osjećati lijepo u razgovoru o Bogu i anđelima o spasitelju koji nas ljubi i voli i koji će ponovno doći - pričati i osjećati one fine leptiriće u stomaku. Ako misliš da se "šalim" pokušaj s temom o Bogu u društvu ili bilo gdje da pričaš s nekim - ako imadneš sreću "danas" sutra će ti reći da ne žele opet razgovarati o Bogu da žele neku drugu temu. Kada Bog postane dosadan, postoje filmovi koji su snimljeni na teme iz Biblije - ne želite slušati o Bogu - dobro, možemo onda film gledati duhovni na Biblijske teme - ne želiš i sutra film - dobro - sutra možemo slušati duhovnu glazbu - ne želiš više tako - treći dan se može raspravljati o nekoj temi iz Biblije. Nema kraja i nema dosadno - Bog nikada ne može postati dosadan - uživam u tome više od bilo koje hrane - osjećam to nešto i volim taj osjećaj.

Zlatni vjernici

Na sve strane "pričaju se priče o Bogu" ljudi vole Boga i vjeruju u Boga, to ne može biti ljepše nego što jest i ispunjava se Božji plan za ljude - svi živimo u miru i ljubavi. Jedino što na sve strane se vjeruje u Boga ali svatko ima nekog svojeg Boga - zar Bog nije samo jedan?

I ovi što vjeruju u samo jednog Boga i posjeduju ne - ošišane ovce - koje slijede pastira i zahvaljujući imenu Isus i Bogu stvoritelju su zgrnuli ogroman novac kojeg drže skrivenog i plaše se da novac neće dobiti noge. Što se plašiš - ako vjeruješ u Boga čemu strah za ovu zemlju i život na zemlji - zar nisi zlatni vjernik koji surađuje s Bogom i priča s Bogom? Kao takav onda znaš da Bog postoji i čemu strah za novac i život na zemlji - ideš kod onoga koji postoji i to znaš i ti - zar ne pričaš da pričaš s Bogom i kroz tebe Bog djeluje?

Istina je malo više mračna - svi vjerujemo u Boga ali da treba život za Boga dat - nitko to učiniti neće i ne treba - Bog je život i život se mora voljeti do kraja - nitko nema prava na život jedino Bog i ako ikada netko zahtjeva smrt taj nije od Boga i nema veze s Bogom i Isusom.

Želim reći da vjera koju mnogi žele proširiti nije jaka vjera u Boga i brzo postanu zarobljeni lancima moći novca - vjeruju u Boga a u sebi imaju strah što će biti sutra - i strah ako ostanu bez novca - vidiš - vjerujem da laži nisu od Boga a svatko tko laže i ljubi novac više od Boga i života nije od Boga - strah je od Demona.

Ne može uvijek

Više puta ni samom sebi ne umem da objasnim mnogo toga. Kažu mjesec je neki satelit i unutar mjeseca ima život - što god da ima - prvo što ima jest to - da sve ide u smjeru da nema Boga - ja vjerujem u postojanje Boga i ne mogu i da hoću ne mogu da idem protiv toga - tako - svatko neka misli za sebe što hoće i želi.

Neki drugi tvrde da među nama hodaju Reptili - ljudi gušteri - drugi tvrde da su vanzemaljci ovdje među nama - treći se brinu što rijetke brine, gdje nestaju ogromne brojke ljudi s lica zemlje i jako malo sekiranja i potrage za takvim slučajevima a nagađanja ne pomažu kao što je - ljude netko otima i kao robovi rade ispod zemlje. Jedni čekaju veliki brod iz svemira - i što sad - brod dolazi a drugi kažu da je mjesec brod - što je istina?

A novi koji se pojavljuju su malo jači - kažu da mi ili bilo tko nikad ne može ući u sunce a unutar sunca ima život i ljudi žive unutar sunca koje im uopće ne šteti u biti oni unutar sunca žive kao mi na zemlji - znači sve postoji i vampiri koji su živi i još uvijek konzumiraju ljudsku krv - gdje je istina?

Želim samo da reknem koliko raznih priči - znam što više ljudi to više priči na istu temu samo druga teorija. Dali su bajke nastale prema istini ili je istina nastala iz bajki?

Toliko toga a sve više udaljavaju Boga od sebe i priče o Bogu.

Jedna priča mene lično interesira i ne znam koji puta već se "brukam" da ne mogu da shvatim ovo:

Lucifer je pao i postao pali anđeo prvo je bio lijep jedan od najljepših na nebu - poslije se pretvorio u "Demona". Sva koncentracija ide na Sotonu on je sve što čovjek može i ne može da zamisli takvo zlo ali dovoljno je shvatiti da ne voli ljude - pogledaj sad ovo:

Kod Iluminata i Masona i ostalih tajnih društava ono što oni kao moć mogu - bio kriv ili u pravu ili nisi - oni mogu učiniti da tvoja slava preko noći ide u zaborav ili preko noći da postaneš slavan - nisi razumio

- da pokušam još jednom - isto i s Luciferom više nije za Boga i sad je najveće zlo ista igra samo drugačiji igrači.

Kako je moguće da više iza Lucifera ni jedan anđeo se nije pobunio protiv Boga - kako je moguće da je Bog stvorio točan broj anđela koji će imati odnose s ljudskim kćerima i Bog ih izbriše s lica zemlje kada je bio potop i poslije toga više nema takvi anđela - dali je Bog takve u inat stvorio ili nešto testira i vrši neki Božanski eksperiment?

Ako nije tako - onda to znači da još uvijek imaju pali anđeli i kreću se među ljudima u ljudskom obliku?

Također može da bude kada postanu pali anđeli da postanu nešto drugo - možda im zubi postanu kao u filmu o vampirima - možda vječno žive ovdje na zemlji i tako postaju bogati i njihovi potomci - sa koljena na koljeno prebacuju moć - ako si dugo na zemlji možeš mnogo toga.

Tajna moći

Teško je objasniti i riječima crtat "sliku" zašto je u životu tako i tako i zašto nekome "teče med i mlijeko" a osobe uopće ne vjeruju u Boga ili da čitaju Bibliju a život pun blagoslova i uspjeha i ne znaju što znači "nemam" da rukom uhvate kamen on postaje "zlatna poluga". Dok oni koji vjeruju u Boga i priznaje Isusa kao spasitelja - jedva krpaju kraj s krajem - zašto?

Dali je sve obrnuto - možda je grijeh vjerovati i moliti a biti grešan nešto što donosi materijalni blagoslov - dali je to tajna svih tajni i moć da se krije u grijehu ili?

Moć je moć i ne može jedna "riječ" definirati pojam neke moći - postoji mnogo kategorija moći i osjećaja neke moći - kroz pojedinca ili društvo ili neko "tajno društvo" kao što su:

Masoni i Iluminati.

Moć kao što rekoh postoji u neograničenom pojmu kategorija u jednom danu, pojedinac može prikazati više različitih oblika moći. Što je uopće moć?

Nema odgovora na pitanje što je moć - sve ovisi o osjećaju pojedinca ili grupe. Da oblik neke moći postoji tu se može odgovoriti iz prve sa: da!

Izvor moći i napajanje pojedinca leži u onome gdje pronađe izvor moći i čime se bavi ili što uopće radi - neki ljudi upravljaju ljudima i tu im leži izvor moći - neki preko novca - a neki preko duhovni knjiga kao što je Biblija crpe snagu i osjećaju moć - također je znanje moć.

Da grijeh može čovjeku davati moć - ne vjerujem - da grijeh čovjeka može učiniti moćnim i bogatim - ne vjerujem - da grijeh može privlačiti blagoslov - ne vjerujem.

Grijeh može jedino privlačiti na čovjeka prokletstvo. Grijeh je poput otrova u krvi ali otrova o kojem postaneš ovisan.

U čemu je tajna?

Nema tajne - grijeh je grijeh - a ugovor s đavlom može čovjeku donijeti slavu i novac ili moć - ali ugovor je ugovor a grijeh je nešto što činiš iznova i opet iznova, promatraj psovače Boga.

Dakle - postoji na zemlji osoblja koje je sklopilo takozvani ugovor s đavlom i tako stiglo do "slave i nekog vrha" i oni koji kažu da ne postoji ugovor s đavlom ili lažu ili nemaju pojma što su rekli ili ih strah tako nečega da se đavo ili sotona pojave i krene neka suradnja samo što iz takve suradnje nema izlaza bez smrti.

Istina ne može da bude da su svi u ugovoru s đavlom - znamo da ovim svijetom vlada princ tame - ali što je s ljudima koji nisu u tajnom društvu, nisu vjernici, nisu sklopili ugovor s đavlom a sve im ide od ruke - tajna je u korištenju sposobnosti vlastite pameti i mudrosti i takav put ide do Boga i od Boga je sve - takvi ljudi koriste mozak i dolaze do svega a također neće svi imati isti put života i to je čovjeku teško shvatiti ali shvati da ljubomora sadrži iskre grijeha.

Iz prošlog života

Nema dokaza za ovo - jedino priče o sjećanju na prošli život. Priče su prejake, kao i "dokazi" osoba (većinom djeca pričaju o prošlom životu) kako i na koji način oni mogu da znaju nešto što ne mogu da znaju - recimo: kada dijete priča da je živjelo na mjestu i točno opisuje sve - kako to može da zna - prvo - to je dijete a kao drugo - dali to znači da je "duh" neke preminule osobe u tijelu djeteta ili?

Kada čovjek ima ne dovršenog posla i nije završio svoje poslanje na zemlju - bude ponovno rođen dok ne izvrši do kraja ono što treba - moguće je da duh bude vraćen zbog osvete - ili se "demoni" igraju s ljudima - možda proučavaju od rođenja do smrti život određene osobe i onda opsjednu nekog i glume preminulu osobu poznavajući cijeli život preminule osobe - možda "demonima" mnogo znači da ljudi vjeruju u ponovno rođenje ali Isus nije učio tako - i znamo da Sotona voli da sve izokreće.

Nema drugog objašnjenja za takve slučajeve - ako Sotona želi da ima prste u svemu onda postoji velika mogućnost da nešto "radi na svoj način" oko povratka duše ili duha u tijelo i da ljudi vjeruju u povratak u novi život i da imaju sjećanja na prošli život, da ljudi vjeruju u takvo što a ne u obećanje Isusa i uskrsnuće da će živjeti oni koji vjeruju u Isusa. Nema ponovnog rođenja osim onoga - nanovo rođeni u Isusu.

Bogu ništa nije nemoguće i može da vrati čovjeka u život ili da preminuli bude ponovo rođen ali rijetki su takvi slučajevi. Jedini pravi odgovor jest taj da Sotona i demoni imaju prste u ponovnom rođenju - a točnije i bolje reći da "zli duh" opsjedne nekoga.

Prašina se vrati

Čistoća je pola zdravlja, zdrava hrana i zdravo tijelo. Čišćenje sobe ne treba da bude mrzovoljno - tvoj dom je mjesto gdje provodiš vrijeme i život - isto je i s duhom u našem tijelu ako je tijelo prljavo i grešno - zar misliš da će duh prihvatiti da i on bude prljav i da uživa u grijehu - što je s anđela čuvara misliš li na njega ono što radiš utječe na anđela čuvara.

Brisanje prašine nije zauvijek ona se vrati. Dobro zapamti ovu riječ: prašina se vrati!

Nešto sam primijetio - kada u mnoštvu čitaš Bibliju - pričaš o Bogu ili uzimaš stihove Biblije na razmatranje i pričanje o svemu tome - mnoštvo postaje jedno "uho" ne trepću i ne znam dali dišu uopće - svi slušaju Božju riječ iz Biblije. Kada mnoštvo napusti prostor i vrati se životu van prostorije - postaju opet isti (većinom grešni) što sam primijetio tu?

Biblija kao da ih pročisti - zlo, ih napusti - bježi iz njih ne može da podnese Božje riječi - ljudi su čisti - ali kada se udalje od Biblije - postaju opet isti - zlo se vrati. Kao prašina - dok čistiš i brišeš prašine više nema - ali ona se opet vrati!

Milost

Sve je lijepo kad je lijepo i lako je živjeti kad ti život teče kao "slap" ili ide sve kao "nož kroz sir". Probaj živjeti kad te svaki dan "gorčina stišće" kad svaki dan moraš korak učiniti a mišići se grče od težine koju život ti nameće i koliko da si jak i truda dao, ništa ne ide kako bi volio da ide i osjećaš to nešto a učiniti ništa ne možeš, kao da jedan ti stoji po strani i gleda sebe kako tone a pružiti ruku samom sebi ne možeš. Još uvijek si jak i nisi se predao ali vidiš da svaki dan glava ti ide sve bliže zemlji i ako ju želiš podići i pogledom promatrati nebo i to postaje teže kao da ti svjetlost stvara nove suze.

Misliš da je šala kada ti kažu da možeš izgubiti milost - nije šala - milost Isusa i blagoslov Boga se može izgubiti isto kao što se može dobiti. Ne spašava novac ili skup automobil sve ovozemaljsko može čovjeku davati privremeni mir i lijep osjećaj ali sve je iluzija. Milost Isusa spašava.

Može li auto na baterije za "djecu" voziti ako nismo stavili baterije?

Ne može!

Al' može biti od koristi i igrati se i bez baterija, ili da služi kao ukras, ali prava funkcija i igra bez baterija u autu ne daje pravi osjećaj.

Isto je i s čovjekom - bez duhovne energije potrebne za ljudske baterije mi možemo poput dječjeg auta biti od koristi ali nikad od potpune funkcionalnosti i koristi - bez Boga i duhovni baterija mi smo na zemlji poput ukrasa.

Kako izgubiti milost Boga se može na razne načine - grijeh je prvi korak - ne poslušnost prema Bogu i Božjim Zapovijedima - čovjek može privući na sebe "kaznu" ili prokletstvo.

Ono što točno želim reći jest - milost koju možeš izgubiti i početi osjećati prazninu unutar sebe i milost molitve - dobro si pročitao - možda sada imaš volju za molitve i čitanje Biblije - ali ta milost se može izgubiti i zato je jako bitno biti na oprezu tijekom života na zemlji. Potrebno je poznavati Sveto Pismo i Božje riječi - što Bog zabranjuje i držati se toga - svijet krije mnoge zamke koje čovjeka mogu progutati. Ne oslanjaj se na Boga i ne misli u sebi Bog sve oprašta - ako budeš poznavao Sveto Pismo i ne budeš slijedio Božje riječi - izgubit ćeš milost molitve i mogućnost iskrenog kajanja za grijehe - nećeš slijediti Isusa i ne uzdaj se u riječi:

Svi smo mi Božja djeca!

Kratki trenutak

Na sve strane svijeta može se čuti "zvuk" događa se ovo - događa se ono - kako - odakle i zašto.

Što se događa - pitaj slobodno?

Događa se dar - čistog oka, svi vide svašta i dar sluha, čuju svašta i dar govora - da se može pričati svašta.

Stižu vanzemaljci - mnogi vjeruju - Nibiru i Anunnakiji - potresi širom planete - prijeti mrak u svijetu - neobjašnjivi kvarovi na elektranama. Ne plaši se - prije Božjeg mraka - prvo mora doći mrak od čovjeka.

Nitko ne vidi - gladne u svijetu.

Nitko ne vidi - ispunjavanje proročanstava.

Što ste vi mislili? Zašto se plašite - mnogo vremena se priča o princu tame - posljednja borba - kad tako dobro vidite sve i svašta - što je posljednja borba - što je uopće borba - i bez posljednje borbe - što radi Sotona u svijetu?

Stiže plač i škrgut zubi - ne boj se mraka - mogućnosti su velike da će doći borba za hranu - širom svijeta.

Ono što ne vidite - i ne želite takvo što vidjeti jest:

Čovjek ne želi Boga - traži slobodu al ne i Boga.

Čovjek ima vrijeme za sve što nije dobro za čovjeka a za Boga nema vrijeme.

Ono što ne vidite - za sve čovjek ima vrijeme ako treba satima sjediti uz "kompjuter" ili "film gledati" može se, ako treba Bibliju čitati koje čovjeku donosi dobro - ne može se - dali sada vidite da ne vidite dobro.

Istina je istina u istini o ljudima se krije "magnet" kojeg privlači bilo što samo Bog ne - mjesece i godine će trošiti na razne stvari koje plasiraju oni koji ne kriju da u Boga ne vjeruju i onda ljudi slijede njih i troše vrijeme - stvar je u tome što neće toliko vremena trošiti na Bibliju - zašto?

Pitaš se sada zašto - dali doista ljudi sami od sebe to ne žele ili nešto unutar ljudi to ne želi i pitaš se - dali ispravno pitanje pitaš - tko uživa i svim silama se trudi da čovjek hoda u mraku samo ne prema Bogu i Bibliji - tko voli takve ljude?

Ima plan

Bog ima plan - budi strpljiv - vjeruj, čekaj - vidjet ćeš!

Zvuči jako - ne vjerski - ili - vjerski - a ubrzo će zvučati - Sotona govori - kušnja ili će reći:

Gospodine!

Vi niste vjernik.

Vi ste mlohavi vjernik.

Ma nemoj - a što ste vi - da sudite tko je tko?

Vjernik ste - imate čvrstu vjeru - veću od gorušičinog zrna - što ne reknete onoj gori da se pomakne?

Napad na napad - može se tako od "jutra do jutra" nitko neće izaći kao pobjednik - nema kraja - jedni odlaze drugi dolaze.

Nema se vremena - život je kratak - da potrošim minute na "ludilo" tko je u pravu - nije bitno - sva slava treba da ide na slavu Isusa.

Al' ne želim biti "tvrda stijena" dovoljno sam gladan (znanja) zavidi mi i hijena.

Želim samo da shvatim, kako funkcionira: Bog ima plan za tebe i svakoga - sad će reći to važi samo za one koji se u potpunosti predadu Bogu i svoj život polože u njegove ruke - dobro - zar Bog nije još u utrobi majke oblikovao svakoga od nas prema svojoj volji?

Zar sudbina nije zapečaćena prije rođenja - onda nema potrebe za plan kad sve ide prema Božjem planu ili?

Dali se može reći da ovo što sam pisao i ti koji si ovo pronašao i sada čitaš, je isto prema Božjem planu i ništa nije bez razloga ili?

Dakle - što reći kada kažu: ne brini ništa?

Čovjek ima "potrebu" da brine - znam - Isus je rekao: sve brige položite u moje ruke. Ali teško to ljudima ide i zato briga privlači brigu - takvi smo!

Dali smo doista takvi ili to naše ljudsko i slabašno "ovisno o strahu" i materijalnim dobrim - Sotona vješto koristi?

Ako sam čovjek od krvi i mesa, i brige posjedujem i strah od mnogo čega - dali to znači da nisam takav dobro došao u raj - zato što nisam kao vjernik sve položio u ruke Isusa - zar me Bog nije oblikovao da budem to što jesam i zar nije sve dio Božjeg plana pa i brige mogu biti u sklopu Božjeg plana ili?

Sve zapovijedi su kao jedna

Uzmi zakon neke od država u svijetu, imat ćeš što čitati od "par sati do par dana". Kada čovjek piše zakon onda je čovjeku nemoguće ljudsku "filozofiju" staviti u jednu rečenicu i sve mora da bude na nekoliko ispisanih stranica i to ne treba "zamjeriti" znaš li zašto?

Zato što je čovjek samo čovjek bez obzira dali korača na zemlji ili "mjesecu" čovjek će uvijek biti čovjek.

Dali se pitaš "barem jednom" kroz godinu - kako to da više nikad nitko ne može da piše zakon kao što je Deset Božjih Zapovijedi?

Reći ćeš sada to su - Božje Zapovijedi a Bog je Bog a čovjek samo čovjek - kako to?

Zar se ne priča na sve "strane svijeta" da su Bibliju pisali ljudi a dali znaš gdje se nalazi Deset Božjih Zapovijedi?

U Bibliji - znaš što to znači?

Da su onda i Deset Božjih Zapovijedi izmislili ljudi ako se priča da su Bibliju pisali ljudi onda se to odnosi na sve što piše - dali je tako?

Kako onda nikad više nitko nije napisao knjigu poput Biblije i zakon ili Zapovijedi poput Deset Božjih Zapovijedi?

Kažem ti - uzmi bilo koji zakon u svijetu i nema ni jednog ili zapovijedi da su poput Deset Božjih Zapovijedi.

Pogledaj sad ovo:

U deset Božjih Zapovijedi se nalazi cijeli program i to program života i grijeha i svega i to može samo Bog da toliko toga stane u tako malo u svega - Deset Zapovijedi.

Možda redoslijed nije bitan ali kada se dubinski sagleda - redoslijed zapovijedi je bitan i nije sastavljen na - kako je tako je.

Samo Bog i sila iznad čovjeka to mogu.

Da improviziramo! Ali prije svega i dubinskog razmatranja Deset Božjih Zapovijedi da vidimo što je Isus rekao

kada su ga farizeji pitali koja je najvažnija od Deset Božjih zapovijedi.

Isus je stavio sve zapovijedi u samo dvije i to dvije zapovijedi ljubavi jako mudro, kada u sebi imaš onu pravu ljubav onda imaš i sve Božje Zapovijedi ako nemaš tu ljubav onda teško možeš bilo koju zapovijed slijediti i Isus to zna i zato je odgovorio i rekao ove dvije zapovijedi a to su:

1). Ljubi Gospodina, Boga svoga svim srcem svojim, svom dušom svojom i svim umom svojim.

2). Ljubi bližnjega svoga, kao samoga sebe.

Bog je dao zapovijedi za koje "danas" tvrde da su važile samo za izraelski narod u ono vrijeme ali ja ne vjerujem da je tako - ove zapovijedi važe za sva vremena i svatko tko traži mudrost treba da se drži ovih zapovijedi koje su od Boga sastavljene u deset i svih deset su jedna.

1). Ja sam Gospodin, Bog tvoj, nemaj drugih bogova uz mene!

- Kada ne slijediš idole, automatski si uz Boga!

2). Ne izusti imena Gospodina, Boga svoga, uzalud!

- Ne možeš psovati i slijediti Boga, ne možeš ni kunit se u Boga i za svaku sitnicu spominjati Boga.

3). Spomeni se da svetkuješ dan Gospodnji!

- Svaki dan je Božji, ali zbog poštovanja i mogućnosti da iskazujemo poštovanje prema Bogu, ima jedan dan na koji Bog najjače Blagoslove dijeli a to je subota.

4). Poštuj oca i majku da dugo živiš i dobro ti bude!

- Ne možeš slijediti Boga ako ne slijediš četvrtu zapovijed.

5). Ne ubij!

- Ne možeš slijediti Boga ako ubijaš ljude i život.

6). Ne sagriješi bludno!

- Ne možeš slijediti Boga i Duh Božji ne prebiva u tijelu koje je grešno ako Božji Duh nije više u tijelu ono je prazno i otvoreno za zle duhove.

7). Ne ukradi!

- Nema Blagoslova Božjeg tamo gdje se krade i tamo gdje se krade privlači se prokletstvo, a gdje ima prokletstvo ima i otvoren "portal" za zle duhove.

8). Ne reci lažna svjedočanstva na bližnjega svoga!

- Isto je što i krađa, laž nije od Boga i znamo tko je otac laži a slijediti Boga i surađivati s lažima neće završiti sa Blagoslovom.

9). Ne poželi žene ni muža bližnjega svoga!

- Ne možeš slijediti Boga grešan i Duh Božji neće boraviti u tijelu grešnom, ova zapovijed je slična osmoj zapovijedi. I ova zapovijed govori da Bog može da čuje misli, um i glas srca je Bogu isto kao da si već počinio grijeh želje.

10). Ne poželi nikakve stvari bližnjega svoga!

- Zadnja zapovijed je ista kao i deveta ali krije unutar sebe da je ljubomora grijeh a Duh Božji neće boraviti tamo gdje vlada grijeh.

Iskušenje

Nitko ne zna zašto nekoga stignu patnje - dali doista nitko ne zna ili će ovdje netko reći samo Bog zna - prije nego što reknem - recite vi meni: zašto nekog boli glava?

Patnja se može definirati u više kategorija zbog više različitih stavki:

patnja zbog:

Nekoga ili od nekoga!

Patnja zbog ljubavi!

Patnja zbog samoće!

Patnja zbog siromaštva!

Patnja zbog loše ocjene!

Patnja zbog Boga i za Boga!

Patnja zbog razočaranja u očekivano!

Kako bi rekli - do mjeseca se može pisati na temu "patnja". Da ne zaboravimo - patnja - može biti i uzrok djelovanja sotone ili zli duhova zbog "grijeha" uvijek je grijeh početak zla. Sotona je napadač bio grijeh prisutan ili ne, on traži žrtve da ih udalji od Boga i puta prema Bogu - Sotona može biti jedan od razloga za mnogo lošeg u nečijem životu. Ali pazi - Sotona jest zlo ali nije lijepo optuživati nikog pa ni samog Sotonu za kojeg znamo da je otac laži i uzročnik svakog zla kako bi čovjeka upropastio i odveo u smjer koji ne vodi prema Bogu i kako bi naudio ljudima zato što ne može direkt nauditi Bogu - s dobrom dobrotom se može reći da Sotona nije krivac za svako zlo koje čovjek učini i svaku ljudsku patnju - mrzimo Sotonu - volimo Boga i vjerujemo u Boga - dali doista mrzimo Sotonu? Zašto ga mrzimo?

Zato što smo naučeni tako - Sotona je zlo i otac laži - zato mrzimo Sotonu - dali znamo da postoji veliki broj ljudi koji mrze Sotonu za kojeg su samo čuli da se zove Sotona - ništa više ne znaju o Sotoni a mrze Sotonu - ono što ja tu vidim - kako možeš mrziti nešto ako ne poznaješ to nešto? Vole Boga a uopće ne znaju o Bogu ništa. Ono što zaboravljaju - laž je grijeh a grijeh je opasan i otac laži je - Sotona!

Razumiješ - možeš mrziti a da nisi ni svjestan da radiš za Sotonu - što kažeš sad?

Patnja može biti i tijekom rada - nisu svi poslovi blagoslovljeno laki - da olakšaš sebi - sve što radiš - radi s Bogom.

Nije Sotona kriv - što igraš igre na sreću i nemaš sreće da osvojiš veliku nagradu i zbog toga padaš u "depresiju i očaj" nije Sotona kriv što nisi dobro spavao - što gledaš "filmove i igraš igrice" tko ti je rekao da gledaš "filmove" ili Sotona je uzročnik svega zla u svijetu - kako?

Nema objašnjenje - Dali je Sotona - stvorio sve živo na ovoj planeti ili Bog? Tako od Boga su sve biljke i one od kojih se proizvodi "droga" neka droga i opijati su potrebni da spase život ili ublaže bol pacijentu - ako je Bog znao sve - zašto je stvorio takve biljke koje su pomogle da mnogi postanu ovisnici zla?

Sotona je kriv - ako Bog čovjeka oblikuje u utrobi majke - što ne učini da takav čovjek nikad ne postane ovisan o drogi?

Ne može sve Sotona biti kriv - sad će reći - Bog je čovjeku dao pamet i zapovijedi a sve što je zlo - čovjek mora da sam bira i ne krene za zlo - iskušenje - od Boga - nije lijepo ali ima istine da sve što je na zemlji - služi kao kušnja i iskušenje - napast je tu da odvoji jake od slabih - čovjek je kriv za mnogo čega - Sotona je radnik - Bog je šef.

Kažem još jednom - čovjek je sam sebi kriv - optuživanjem opet sebi šteti - lažima sebi šteti - otvara se grijehu - ako koristi neko zlo kao što je "droga" sebi šteti - grijeh je uništavati život - patnja je grijeh - ako sam sebe uvaljuješ u nešto - nitko nije kriv - mlohavi vjernici koji traže utjehu u bilo čemu - samo ne u Bogu.

Pričao sam kroz tekst: Gluhi jauk mrtvim idolima - čovjek i kada traži pomoć - opet sebe stavlja u grijeh što pomoć traži na krivom mjestu a ne od Boga.

Patnja - netko je kriv - možda me netko prokleo i rekao da mi želi "patnju u svemu" što ako spavam - ako netko ukloni prokletstvo i ja progledam - što će biti kada postanem sebe svjestan - sve strah - a strah hrani demone.

Uvijek je nešto i netko kriv - čovjek sam sebi nikad - sloboda je važna - sve ostalo je zatvor poput matrixa ili kupole.

Iskušenje postoji i od Boga je kao što može biti i mnogo patnje od Boga da iskuša vjernika - stvar koju mnogi zaboravljaju - kod Boga ne postoji ljudsko vrijeme - i nema patnja će trajati - možda je sutra posljednji dan patnja, kušnje i iskušenja - danas si odustao poslije toliko godina patnje i iskušenja kroz koja si prolazio - da si izdržao još sutra - tvojim mukama bi stigao kraj - Bog bi te nagradio - sada si sam sebe vratio na početak ali ovaj puta ćeš kroz patnje ići putem bez Boga kojeg si danas odbacio - ne odustaj - možda je sutra posljednji dan.

Sloboda

Sotona je kriv. Bog je kriv. Ne možeš vjerovati u Boga ako ne mrziš Sotonu, on je neprijatelj i lažov. U Bibliji piše:

U 2. Korin. 4:4 vidimo da je sotona “bog” ovog svijeta.

Efežanima 6:16-18

“Povrh svega uzmite štit vjere; njime ćete moći zaustaviti sve goruće strijele zloga. Uzmite kacigu spasenja i mač Duha, koji je Božja riječ. Molite se Bogu prošnjom i molitvom s Duhom u svakoj prigodi, i k tomu bdijte sa svom ustrajnošću i molitvom.”

Dokaz postojanja Sotone ima na sve strane - početak koji trebaš imaš u Bibliji. Sotona postoji i to je jasno kao dan ili noć. Ali ono što nema u Bibliji jest da Sotona i Bog nisu krivi za sve - čovjek je krivac. U inat pišem točno tako kako čitaš - vjerujem u Boga i neću da se složim s nečim kao što hoće da je uvijek Sotona kriv ili Bog. Ako je Sotona kriv - onda mi ne razmišljamo svojom glavom - nego Sotona upravlja nama kao da smo roboti - ako je Bog za sve kriv - onda mi nemamo slobodu.

Razumiješ - i sam Bog ne voli da netko nekoga optužuje - tako nećeš sazreti - prihvati odgovornost.

Sotona postoji kao i demoni i zli duhovi. Napadaju čovjeka ali čovjek ima mozak i zakon ili Bibliju da zna što je dobro a što zlo ili grijeh.

Reci mi - ako znaš da Lav jede ljude - ako ideš na teren gdje vlada Lav - kolike su šanse da ćeš preživjeti?

Zašto bi krvav ili s krvavim odreskom skočio u more gdje su morski psi?

Zašto želiš izazvati gladne hijene?

Ako to sve znaš onda nema brige da ne znaš što je grijeh?

Sloboda je važna čovjeku - što ako nije riječ o svjetskoj slobodi - nego o slobodi uma - postoji zatvor uma.

Kada postaneš ovisan o tehnologiji onda nećeš svojom glavom više da misliš nego ćeš misliti na sve što trebaš - preko tehnologije ćeš da pronađeš.

Zato treba težiti slobodi uma.

Smisao bez logike

Bog čini čuda i dan danas. Nije zaboravio ovu planetu ako miruje i gleda strpljivo što djeca čine djeci zbog materijalnog dobra i vrha moći - nema vrha za čovjeka - Bog je vrh i nitko neće doći na vrh ili biti iznad Boga - što smo onda ludi i činimo razne grozote - pitaj se - uživaš li u zlu i grijehu ti ili ono unutar tebe?

Čuda koja Bog čini - životu pojedinca daje smisao življenja kroz djecu - blagoslov kroz trpljenje kroz koje roditelji prolaze da malog anđela pripreme za život na zemlji - Bog promatra i svaka muka neće biti zaboravljena - sve što činiš malom anđelu to Bogu činiš a Bog promatra svaku tvoju bol i sekundu koju odvojiš za anđela malog i sebe se odričeš zbog života - Bog cijeni one koji život cijene a život je dar od Boga.

Više puta smo izgubljeni bez "svjetiljke" tražimo izlaz iz tame. Život nema smisla - kažemo sami sebi - Bog daje smisao a onda tražimo logiku u smislu ili smisao u logici - izgubljeni - od Boga tražimo i kada Bog daje onda opet tražimo da Bog dadne znak da je od Boga - i kada shvatimo da je sve od Boga onda smo još dublje u tami da imamo hrabrost koju dugo tražimo da reknemo na glas - Boga nema - sve je igra, netko manipulira ljudima - dugo u sebi osjećaš da Boga nema to unutar tebe glas koji čuješ i sada slušaš kako tiho ti šapuće - Boga nema.

Da ima Boga onda bi sve bilo kako treba ne bi Bog gledao ovu patnju toliko dugo.

Koliko dugo?

Kod Boga ne postoji vrijeme i Bog nema ljudsko strpljenje, možda su tebi prošle godine a kod Boga je to tek treptaj okom.

Kada budeš čitao Bibliju tada više nećeš gledati kao kroz zamagljen "prozor" tada ćeš moći vidjeti i razumjeti sve ono što sada ne vidiš i ne razumiješ - dali me razumiješ?

Bio dobar ili loš

Život nije film - možda se neki trenutak života može uspoređivati s filmom, ali film je umjetnost oživljena na ekranu - život je film koji ne možeš sutra gledati iz početka ili jednim klikom prebaciti na kraj i s kraja vratiti na početak. Život je živ i svaka riječ je živa i može oživjeti tvoje misli - ali sve se vraća - želim reći da vrijeme ide i sekunde prolaze - dok ovo čitaš već su sekunde prošle koje više nikad nećeš vratiti - život ostavlja biljege i ožiljke koji ne prolaze - zato je bolje biti dobar nego biti loš - dobrota se vrati i ulaganje u dobrotu poslije ti može dobro doći - ako ulažeš u zlo, loše i to se vraća - možda u budućnosti ne budeš dovoljno jak i spreman za zlo koje se vrati. Što ćeš tada?

Dobrota je uvijek dobro došla, ne znaš ovoga trena koliko će snaga života ti poslužiti. Jedno je sigurno - od mača se umire. Znam da se može pričati danima - neće se svijet promijeniti dok ne dođe posljednji sud a do tada čovjeku protiv tame neće ići od ruke - sve je program - Božji program - da čovjek traži Boga - da upoznaje Boga - da voli Boga - da bude prijatelj s Bogom - što god radiš Bog želi da sudjeluje, da svoj trud ulažeš s Bogom i za Boga - tako isto ne možemo sami protiv tame - opet Bog želi da sudjeluje s tobom protiv tame - razumiješ - svi putevi idu prema Bogu - ali neće svi doći do Boga ako ne surađuju s vjerom u Boga - mnogi putevi krije "rupe" bez Boga i svjetiljke prije ili poslije ćeš propast kroz rupu u propast.

Vrijeme

Život prođe u treptaju oka - misliš i svi mislimo - nema kraja - sve ide kao nožem kroz sir - život je lijep i nemam vremena za brige - da kleknem na hladne pločice i molim se nekom Bogu zureći u plafon - dali si ti lud? Ne molim se ja nikome i nikog za ništa - Bog je izmisliti za siromašne da lakše podnosim svoju sramotu a ne za mene koji imam sve - moj Bog mi dao sve a nisam nikad molio ni jednu molitvu a ti koji klečiš i trošiš svoja koljena - vidim - Bog te čuje i sve ti dao idi provjeri svoj račun, sigurno ti uplatio i previše novca za lijep život?

Urban i udaran tekst ali to nije tekst to je priča koju možeš da čuješ bilo gdje samo odluči pričati o Bogu i sve ćeš da čuješ. Sramota i žalosno - neki će da reknu - ništa ne govorite - borba traje - mi smo u ratu - duhovnom, emotivnom i fizičkom - borba traje i mnogi ne mogu da progledaju ali tama proždire - vrijeme ide i život je kratak - vrati se Bogu dok sekunde nisu otkucale svoje - i problem jedan od mnogo - što mnogi govore da im je život dosadan i traže smisao života kroz svoju ludost kada kažu:

što da radim na ovoj ludoj zemlji - zašto sam rođen - ako imaš vrijeme traži Boga i pronaći ćeš sebe i svoj smisao rođenja.

Što ako smo

svi mi jedno tijelo - svemir, život i ovaj svijet koji vidiš, da je sve to jedno tijelo - da živimo unutar nekoga? Kada tako pričaš - kažu: moguće je sve i to kažu s nekim slatkim uvjerenjem da je doista tako. Kažeš nismo sami - vanzemaljci vrše otmice i ovdje su među nama - reći će ti: čudno bi bilo da smo sami u cijelom svemiru - ono što je čudno - nitko se još nije pitao a tko je stvorio te vanzemaljce i tko je stvorio onoga tko je stvorio njih i tko je stvorio svemir - sam od sebe je svemir stvoren - kako? Što je bilo prije svemira - zamisli kocku od zraka!

Otmice vanzemaljaca od onih za koje kažu da su kreatori čovjeka - zašto takvi sposobni vanzemaljci trebaju otmice ljudi za eksperimente a mogu da stvaraju bilo što i bilo gdje ili?

Možda više nisu sposobni za kreaciju čovjeka i života - što ako netko treba ljude da razvije civilizacije negdje u svemiru i tako prebacuje ljude i život na neku od planeta?

A možda nitko nije napustio planetu zemlju i sve se dešava ovdje na zemlji?

Moguće sve je moguće - reći će!

Da, kreneš pričati - Bog je sve stvorio - brzo ćeš biti prekinut s pitanjem a tko je Boga stvorio?

Zašto Bog sve to gleda - ako u čovjeku postoji dobro i zlo a Bog je sve što je dobro i čista ljubav ako smo od Boga onda ne bi trebali imati u sebi "iskre zla" nego samo dobro i ljubav?

Odakle u čovjeku zlo - u Bibliji piše da su anđeli imali odnose s ljudskim kćerima ako ste zaboravili da Sotona postoji onda se sjetite - on postoji - i velike šanse su:

da je Sotona imao odnos s Evom i tako sjeme zla izašlo iz utrobe Eve i poslije kako se svijet množio i zlo se množilo - postoje zli duhovi, demoni, pali anđeli i Sotona poglavica. Stvar koja je interesantna kada takve teme pričaš - reknu pričaš na školski način - i neće reći na takve teme da je sve moguće ali dobro. Ako u čovjeku može da bude veći broj zli duhova a sjetimo se da je Isus mladića oslobodio od čitave Legije zli duhova i to se dogodilo s Božjom voljom da mladić posluži kao dokaz za sve buduće naraštaje da čovjek nije sam i da može veliki broj zli duhova biti unutar čovjeka. Što to može još da znači - osoba kroz život može da bude dobra osoba i da opet ima u tijelu zle duhove, i žena može imati u sebi zle duhove - prilikom trudnoće i dok je dijete u maternici prije nego izađe na ovaj svijet iz muškarca i žene može da pređe duh u dijete. Također zli duhovi dolaze tamo gdje osobe ne čuvaju svoj jezik - psovke su početak poziva za zle duhove u život.

Jedan od znakova da nešto "igra oko glave pojedinca" nenormalne užasne psovke, izgubljeni osjećaj srama, buđenje noću, stres, vikendi nisu blagoslovljeni - kada čovjek treba da ima mir i odmor - svaki vikend je uklet i pun stresa - mogućnosti su velike da su zli duhovi unutar takvog života i treba ih se riješiti. Sotona mrzi ljubav i mir - mrzi da je čovjek sretan i da korača prema Bogu.

Promatraj i vidjet ćeš

Blagoslovi me Bože - udjeli mi svoj sveti Blagoslov - čuvaj me od zla i učini moje tijelo svojim hramom Duha Svetog - neka od ovoga trena za tebe živim i slavim tvoje ime - učini čudo da pronađem izlaz iz ove nemoguće situacije - neka se proslavi i slavi tvoje ime.

Nije dugačko i ne treba "sat" da se odvoji za Boga a može postati djelotvorno za tebe i tvoj život. Može ti pomoći postepeno da se vratiš Bogu - možeš ti pričati da vjeruješ ali priznaj sam sebi da sve teže ti postaje otvoriti Bibliju i pročitati koji "stih" ili stranicu Biblije - priznaj sam sebi da sve teže i sve slabije osjećaš molitvu i potrebu za molitvom i kada odlučiš moliti na glas ili unutar sebe u sobi ili dok si negdje vani uvijek te nešto smeta i ne završiš molitvu. Duhovna borba i duhovni rat su oko nas u nama u Vazduhu u obitelji - Sotona koristi obitelj kao oružje protiv tebe - možda ti misliš nije tako - ali duboko unutar sebe osjećaš da nešto "igra ti o glavi" obitelj je svetost i Božji Blagoslov i Sotona to zna i mrzi obitelj i ljubav - ne zaboravi to - svaki stres u obitelji uzrokuje Sotona - promatraj situaciju i vrijeme i vidjet ćeš da napadi stižu točno u sekundu - kada si umoran i gladan - novac - uglavnom uvijek i točno zna kada da pošalje napad na obitelj i unutar obitelji - promatraj i vidjet ćeš.

Pronađi svoj pravac

Bog šalje znakove, nauči ih čitati - on čuje tvoje potrebe i zna za tvoju bol. Nekad Bog šalje opomene na razne načine da zaustavi tvoj naum jer on vidi i zna sve - nekad se čovjeku njegov naum čini ispravnim ali čovjek ne razumije da to može biti samo toga trenutka. Kada kreneš putem svojeg nauma - ne znaš i ne vidiš dokle ćeš stići i dali te opasnost vreba - križ koji sada nosiš, možda je težak - kako znaš ako ga odbaciš da nećeš dobiti teži?

Kroz trpljenje iskazujemo ljubav i vjeru jačamo - znam da se može doći na "rub" nema dalje - misli stišću (najbolje je umrijeti i smrt je jedini izlaz) znam da kažeš:

kakav je to Bog koji uživa u ljudskoj patnji?

Bog je dobar - vjeruj mi što ti kažem - dali se razgovaraš s Bogom?

Kako ćeš bilo što ispraviti na bolje ako ne razgovaraš s onim tko je tvorac svega i zna kako što funkcionira?

Smrt nije izlaz - gdje piše da je izlaz - iz čega - patnje - smrt su vrata kroz koja ćeš da prođeš iz jedne prostorije u drugu ili lift sada si dolje na katu i smrt je lift za kat iznad - kako znaš što te čeka tamo?

Uvijek se može sa životom završiti - ako ti je došlo do grla - probaj živjeti u inat - briga te što se dešava - živiš svoj život, neka je veći broj ljudi na zemlji - nikad ne znaš - možda iduće godine budeš zahvalan što si živ - pronađeš novu svrhu i pravac života - neki tvoj "stil života" ali si i dalje živ - razumiješ?

Blizu kraja

Stih po stih - stranica po stranica - sve si bliže kraja ove knjige. Nadam se da nisi puno zbunjen i znam da nisi nikada prije sličnu knjigu pročitao i ne možeš - ne mogu sve knjige biti iste - svatko ima svoga duha inspiracije - ne zaboravi ovo:

od svih knjiga Biblija ti mora biti najbolja i najdraža i Bibliju ne čitaj iz razloga da "sutra" možeš reći - pročitao si i ti Bibliju - čitaj ju polako i strpljivo.

Što možeš naučiti - kreni od ovoga.

Iz Biblije:

Ne osvećujte se, ljubljeni, nego dajte mjesta Božjem gnjevu. Ta pisano je: Moja je odmazda, ja ću je vratiti, veli Gospodin.(Rimljanima 12,19).

Mnogi su jednom povrijeđeni - neki svaki dan - a netko više puta kroz dan - svi imaju različitu bol ali iste misli koje su:

želja za osvetom.

Prva greška i opaka suradnja sa zlom jest - osveta - znam da je teško biti povrijeđen i opraštati - možda iznova i iznova - ali vjeruj Bogu - sve svoje prikazuj Bogu kroz razgovor i molitvu - vjeruj i vidjet ćeš da Bog reagira na svoj način - to je isto kao da si u firmi - ako bilo koji veći ili manji problem nasiljem ideš da riješiš s kolegom - nećeš proći dobro - zato ima šef koji to mora da riješi na miran način.

Pozitivne misli uklanjaju srdžbu i gorčinu iz srca - svima dođe mrak na oči - zato postoji struja da se upali svjetlo - Isus je svjetlo - Bog je svjetlo - ne znam zašto se ljudi plaše razgovarati s Bogom - ali to je istina - plaše se Boga i razgovora uz to neki kažu:

da razgovaram s Bogom kao sada s tobom ali ti me čuješ i odgovaraš - pričaš sa mnom - ako se razgovaram s Bogom to mi dođe kao da pričam sam sa sobom, mislim da još nisam skrenuo da pričam sam sa sobom. Glupost!

Ali takvu "glupost" Sotona koristi i voli takve ljude "trlja ruke dlan od dlan" kada se takvi ljudi pojave. Bog čeka i opusti se - pokušaj razgovarati s Bogom i vidjet ćeš da će ti odgovoriti. Na koji način - pitaju neki - ne sramoti se - želiš biti vjernik i vjerovati u Boga - neka te ne bude sram tražiti kako se razgovarati s Bogom - što moliti - ne srami se Biblije to je Božja riječ i ne zaboravi na rat između Sotone i Boga i nas ljudi.

Slobodno traži - pitaj koga poznaješ a da je vjernik istinski i iskreni vjernik - traži i pitaj kako se približiti Bogu - vrijeme ide - ljudi zaboravljaju da je život kratak!

Bogu se možeš približiti čitajući Bibliji - kroz molitvu - ne znaš koju molitvu - Oče Naš - je dovoljna molitva za početak - moli kajanje poslije svake greške i grijeha kojeg učiniš - oprosti svima i samom sebi - ljubi i voli život - pričaj o Bogu gdje god možeš i na kraju - zanima te kako razgovarati s Bogom?

Bože, sveti Bože - Oče - javljam ti se ovoga trenutka - da znaš da mislim na tebe - nemam vremena ali imam dovoljno da znaš da volim da te se sjetim - molim te Blagoslovi ovo što radim - sveti Bože - prikazujem ti ovu svoju situaciju - ne znam što da radim i kako da pronađem izlaz iz ove situacije - pomozi mi - Bože, Oče te i te osobe su me uvrijedile - opraštam im - pomozi mi da ne tražim osvetu - stavljam u tvoje ruke svoj problem - Oče Bože -

da riješiš prema svojoj volji - hvala Bože na vremenu.

Kako bi razgovarao s bilo kime - isto tako možeš i s Bogom - početak je težak - možda već sada razmišljaš o Bibliji ali nikako da kreneš i sutra ćeš isto tako i opet nećeš da kreneš - Sotona je u igri - možda sam mnogo puta do sada rekao da Sotona koristi sve da budemo vezanih ruku, nogu i uma - da ne možemo krenuti prema Bogu i Bibliji. Teško ide. Promatraj kako lako ide ako je grijeh u pitanju ili nešto što nije dobro za čovjeka i "dušu" volja se množi i energija bukti u čovjeku kada ide prema zlu - promatraj - kako hodanje usporava i noge ne slušaju kada ide prema Crkvi - ovo nije fantazija nego živa istina.

Pitaš se - gdje je Duh Sveti - hranom hranite tijelo a tijelo je čahura kao što sam već rekao u čahuri će prebivati Duh Sveti ili zli duhovi - tijelo neće biti prazno - pitaš se - kako tijelo napuniti Duhom Svetim - jednostavno - učini svoje tijelo čistim bez grijeha - nitko nije bez grijeha ali tako se kaže - misli se da prestaneš slijediti grijeh - autor Biblije je Bog uz pomoć Duha Svetog koji je prebivao u ljudima preko kojih je Biblija napisana. Gdje je Duh Sveti?

U Bibliji - kada čitaš Bibliji svaki dan - svoje tijelo puniš Duhom Svetim - hrana je u Bibliji.

I Biblija je oružje - Sotona to zna jako dobro - zato se trudi svim silama da ljudi ne uzimaju Bibliju u ruke.

Dali mi jesmo mi

Poznaješ li sebe? Dobro! Misliš i vjeruješ da si to doista ti onaj od jučer, od prije ono malo dijete - gledaš slike - gledaš sebe na ogledalu - možeš se dodirnuti - prste kroz kosu - praviš frizuru - hraniš se i oblačiš - pričaš i čuješ sebe - u čemu je problem - to si doista ti?

Što ako mi nismo mi - ako su rijetki - u punom smislu i pogledu doista "bradom i glavom" oni a ne netko drugi.

Dali si čuo za "otimači tijela" roditelji te naprave - majka iz utrobe donese na svijet - brinu se o tebi - poznaju te - svaki trenutak ulažu u tebe, gledaju kako odrastaš i tko može reći da to nisi ti - oni te poznaju i to je dijete koje oni znaju kao i svi drugi roditelji na svijetu - tko će biti zauvijek za tebe u dobru i zlu ako ne prvo tvoji roditelji?

Ono što oni ne znaju i tko ima moć da nešto takvo može roditeljima oči otvoriti da tijelo koje su oni stvorili i donijeli na svijet jest njihovo dijete ali postoji nešto što može da zauzme tijelo koje mi ljudi donesemo na svijet - nekome je potrebna čahura u koju se nastani a tu čahuru mogu da stvore roditelji i majka da novi život donese na svijet i to tijelo netko proganja dok se u potpunosti ne sjedini s tijelom - ono dijete koje poznaješ više nije samo i sve manje je ono što misliš da jest.

Možda zvuči "brutalno i bolesno" svi smo mi djeca svojih roditelja i kako drugačije dočarati sliku onoga što možda jest? Pogledaj ovaj stih iz Biblije:

„Nego ćete primiti silu kada Duh Sveti dođe na vas; i bit ćete mi svjedoci i u Jeruzalemu, i po svoj Judeji i Samariji, i sve do kraja zemlje." (Djela 1,8).

Isus je istjerivao zle duhove iz ljudi koji su njima bili opsjednuti (Matej 8,16; Marko 5,1-13; 7,24-30).

Tijelo je hram (čahura) i ne može biti prazno - ako te ne ispune Božji Duh - hram je prazan - tada zlo vreba da se nastani.

Znači u nama uvijek nešto prebiva ili Duh Sveti ili zli duhovi - trećega nema - prazni ne možemo biti.

Da sada pitam još jednom - kako mi znamo da smo mi?

Ako kroz nas govori Duh Sveti onda to ne govorimo mi nego Duh Sveti.

Ako u čovjeku može biti Legija Demona - i svaki zli duh i demon u čovjeku ima neku sposobnost i čovjek radi čuda uz pomoć nekoga tko se nalazi unutar tijela - to opet nismo mi nego to nešto unutar nas - gdje smo onda pravi mi?

Što ako bi nekim čudom "istjerivač đavla" oslobodio čovjeka - nema više kletve, prokletstva ili bilo kojeg zlog duha unutar tijela - čovjek otvori oči i ništa ne zna - ne sjeća se kako je tu gdje jest - ne sjeća se svojeg života - misliš da bi to bilo dobro?

Normalno - oslobođenje od "zla" je dobro, skinuti okove sa sebe - nastaviti život koji trebamo za Boga uz Boga s Bogom i ispunjeni Božjim Duhom. Istina koja jest mi nismo za Boga - lažemo sami sebe da jesmo - nismo.

Bog ne želi vjernike koji se Boga sjete samo kada život pokaže zube i sve krene nizbrdo - Bog te želi zauvijek i traži da čovjek bude prijateljski raspoložen s Bogom.

Način kako tijelo i čahuru pročistiti i stan pripremiti za Duha Božjeg da prebiva u nama - svaki dan se hrani Božjom riječju - svaki dan odvoji vrijeme za molitvu - ljubi život i voli život.

Kako prepoznati da u tijelu nismo sami i da je nešto što nije dobre naravi.

Postoje bolesti - psihičke - postoji nešto što nije bolest a krije se iza bolesti kao "maska" osoba ne želi da čuje za Bibliju - ne može podnijeti čitanje Biblije - svako jutro se budi mrzovoljan (psuje, proklinje) mrzi molitvu - ne osjeća emocije prema životu i bilo čemu živom i mrtvom - ne ide u crkvu - je početak da prepoznaš da nisi sam u tijelu i unutar tebe je još netko - uništit će ti život da nećeš ni trepnuti. Moraš svoj stan pročistiti ako sebi želiš dobro - postoje i kletve ali to opet znači da nisi sam i unutar tebe je netko tko nije prijateljski nastrojen - sjeti se priče o dva vuka.

Preporuka filma:

Pali Anđeo (Denzel Washington 1998).

Veza

Ako u čovjeku postoji a postoji i Isus je sam otjerao zle duhove iz mladića - Apostoli su isto to radili i dan danas se to događa. Dakle - nismo sami - ili Duh Sveti ili demoni i zli duhovi u tijelu. Ako mi nismo mi - a kada iskreno pogledaš svijet i iskreno odgovoriš - koji broj ljudi je veći oni koji slijede svjetlo i ispunjeni su Duhom Božjim ili broj onih ljudi koji su ispunjeni zlim duhovima?

Ako smo ispunjeni nečim onda mi nismo mi - kažu kroz podsvijest znaš da jesi ti - dali je to tako? Ne dešava se preko noći oblikovanje - proces traje - kroz mnoge stavke koje su od đavla mi otvaramo svoje tijelo kao stan u koji se postepeno nastanjuju demoni - svaki grijeh jedan duh - svaka zla stavka koja može postati idol čovjeku, otvara vrata za jednog duha. Pitanje sada - što oni rade u našem tijelu - grizu nas ili sjede i ne rade ništa ili oni u potpunosti postanu mi i glume nas a pravog nas zarobe duboko u tijelu da više ne može imati pristup - govoru, mislima i umu.

Ako je to istina - onda duh koji piše preko čovjeka - napusti tijelo - opsjedne tijelo nekog šefa izdavačke kuće - uzme materijal osobe koja je pisac a tijelo koristi duh - pročita materijal i odobri da knjiga ugleda svjetlo dana - i tako redom iz tijela u tijelo a slava knjige raste i pisac postane slavan zahvaljujući demonu u tijelu. Može li to tako - ne može - onda nešto nije kako treba - ako duhovi samo čovjeka stavljaju u grijeh onda nema potrebe za legijom duhova u tijelu.

Nešto ne štima - i što rade unutar našeg tijela.

Ne brini se

Ne brini ništa - sam čuo više puta - možda i više puta nego što ima zrna pijeska na plaži (ako se računa neka manja plaža). Uozbiljimo se - nemamo vremena za šalu - riječi utjehe su lijepa stvar ali s vremena na vrijeme čovjek progleda i kada shvati - bude mu žao što je iz očiju uklonio "jutarnje krmelje" zašto?

Teško je pobjeći od toga - zašto - zato što mu cijeli život (uzet ćemo pojedinca kao primjer al' mnogo je istih na zemlji) govore - ne brini se bit će bolje - ne brini se Bog nas voli - ne brini doći će i tvoje vrijeme - ne brini se čovječe.

Vrijeme ide - prolazi - ništa se ne mijenja - i još uvijek možeš da čuješ - ne brini se - Bog ima neki plan za tebe - sve stvoreno ima svoju svrhu.

Nećeš stići daleko

Auto obično vozilo koje je nezamislivo potrebno sredstvo u današnje vrijeme.

Auto ako samo voziš bez ulaganja u auto ili mijenjanja vode i redovnog autoservisa takvo vozilo neće dugo poslužiti - ako ostaviš auto parkiran bez korištenja duže vrijeme takvo vozilo će početi da trune.

Ista stvar je i s ljudima i našim životom i tijelom - ako ostaješ u kući bez druženja i civilizacije takva osoba brzo ide u zaborav - ako ne uložiš u sebe prije ili poslije tvoje tijelo će da slabi - ako ne hraniš sebe duhovnom hranom i samo živiš - prije ili poslije ćeš da "staneš" kao auto i bilo koje drugo vozilo bez ulaganja ono neće stići daleko. Tako i čovjek bez duhovne hrane i Boga neće stići daleko.

Lightning Source UK Ltd.
Milton Keynes UK
UKHW010636020123
414708UK00014B/815